L'homme du Labrador

Bernard Clavel

L'homme
du Labrador

Albin Michel

Sommaire

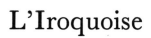

L'Iroquoise

Pour Paulette et Gaston Oudot
affectueusement

1.

Le soir du 7 juillet 1937, trois matelots, appartenant à l'équipage d'un cargo allemand, entraient dans un bar de Boston. Le plus jeune des trois, vingt-six ans, espèce de colosse rouge de poil et de pcau, se déplaçait en se balançant comme un ours. Il s'appelait Karl. Ses deux camarades, moins grands et moins larges, étaient cependant des gaillards impressionnants. Otto était mécanicien, comme Karl. Herman, le plus âgé, était premier maître. Les trois hommes avaient déjà bu, et le patron du bar leur déclara qu'il ne servait pas d'alcool.

— Même pas de la bière ? demanda Herman.

— Ni bière, ni whisky, ni gin.

Une dizaine de consommateurs étaient assis à trois tables. Deux hommes et une putain se tenaient accoudés au comptoir. De la salle, une voix lança :

— Y a rien pour des nazis !

Herman s'avança. Dans un mauvais anglais, il cria :

11

— Quel est le fumier de Juif qui a dit ça ?

Déjà des marins américains et deux français se levaient. Karl fit un pas en avant pour aider son camarade, mais une main se posa sur son épaule tandis que, derrière lui, une voix disait :

— Laisse tomber !

Le colosse fut comme touché d'une décharge électrique. Il pivota d'un bloc avec une rapidité telle que l'autre n'eut même pas le temps d'ébaucher un geste pour se mettre en garde. Déjà le poing gauche du matelot l'avait atteint au foie. La bouche grande ouverte et les yeux exorbités, il chercha l'air un instant avant de s'écrouler, le corps désarticulé. L'homme qui était à côté, un gros rougeaud épais au ventre mou, porta sa main droite à l'intérieur de sa veste, sous son aisselle gauche, mais le pied de Karl interrompit son geste. La main ressortit pour laisser tomber un colt à barillet. Touché aux parties, le gros piqua en avant. Son chapeau tomba, découvrant une nuque large et plissée sur laquelle s'abattit la lourde patte de Karl.

Il y eut un craquement que tout le monde put entendre. Sans doute est-ce ce bruit qui mit fin à la bagarre à peine commencée. Durant quelques instants, les consommateurs s'entre-regardèrent, interdits. Karl s'était immobilisé, la main droite encore en avant, comme s'il eût tenté de la retenir au dernier moment. Le patron contourna le comptoir et vint se pencher sur le gros homme écroulé. Il souleva la tête qu'il examina un instant avant de la laisser retomber. Le crâne fit un bruit sourd en heurtant le plancher peint en rouge. Se redressant lentement, le patron dit à Karl :

— Pauvre de toi, t'as tué un flic !

La prostituée qui s'était éloignée de deux pas se rapprocha pour dire :

— T'as fait une sacrée bonne action, matelot. Tu nous as débarrassés d'une belle ordure. Certain que personne va le pleurer, celui-là. Oui, certain ! Même pas sa femme. Mais t'as tout de même intérêt à pas moisir dans le coin. Ce serait malsain.

Comme le grand Karl semblait pétrifié, Herman le poussa vers la porte en disant :

— Allez, vieux, faut se tirer avant que l'autre se réveille.

— Foncez ! souffla le patron. J'ai plus en tête le numéro de la police. Me faudra du temps pour le retrouver.

Herman remercia et ils sortirent. Otto disait à Karl :

— Tu l'as séché proprement. C'est pas ta faute. Y dégainait, le salaud... Y t'aurait descendu... Tu t'es défendu, Karl, c'est tout... Tu t'es défendu.

Ils coururent jusqu'à un bâtiment sombre qui se trouvait de l'autre côté de la rue. Ils se collèrent au mur et Otto reprit :

— T'as entendu : une ordure de flic... Elle l'a dit, la fille.

— C'est vrai, approuva le premier maître. Et pis, l'avait une gueule de Juif... Un sale Juif !

— Sûr que c'était un sale Juif, dit Otto.

13

Ils observèrent la rue déserte, puis Herman reprit :

— Faut te tirer, Karl, t'es aux Etats. Ça rigole pas, tu sais. Y vont fouiller le port et tout ce qui est en rade. Tu les connais : tous des Juifs.

Otto ajouta :

— T'es au Massachusetts. Paraît que les juges sont plus vaches qu'ailleurs... Faut que tu passes une frontière, Karl. Sinon, c'est la chaise !

Ce mot tira le rouquin de sa torpeur :

— Bon Dieu ! J' suis foutu !

— Mais non, t'es pas loin de la frontière.

Ils coururent tous les trois en direction des docks de radoub. Derrière les cheminées et les mâts où pendaient des pavillons immobiles, un grand ciel clouté d'or vibrait, enfiévré par la tiédeur épaisse qui montait encore des pavés du quai.

— Arrivez par là ! lança Herman.

Ils foncèrent jusqu'à un entrepôt devant lequel se trouvaient trois camions.

— T'as de la veine, dit Otto. Faut en piquer un.

— T'as bien compris, dit Herman. Tu passes une frontière, hein ? Oublie pas.

— Tu tires toujours vers le nord, c'est l' Canada, là-bas...

Herman interrompit son camarade pour préciser :

— Pas vers le nord, vers le nord-ouest... Le nord-ouest, t'entends, Karl. Faut t'éloigner de la côte. Souviens-toi bien de ça : c'est toujours dans les ports qu'on recherche les marins. Essaie pas d'embarquer mon vieux, sinon, t'es foutu !

Bien réveillé à présent et déjà dessoûlé, le colosse avait commencé d'examiner les camions. Il arrêta son choix au plus petit, un Ford vert, haut sur pattes, avec une cabine ouverte et la manette des gaz sur le volant.

— C'est celui-là. Y me plaît rudement !

Déjà Otto jaugeait le carburant et constatait :

— T'as la chance avec toi, le réservoir est plein.

Herman, qui avait inspecté les autres véhicules, revint avec une grosse nourrice à poignée en disant :

— Regarde, ça te fait au moins cinq gallons de réserve. Avec ça, t'es paré, mon vieux !

Karl s'était déjà installé au volant tandis qu'Otto tournait la manivelle. Le moteur démarra au premier tour, et le rouquin eut de la joie dans la voix pour lancer :

— Ça tourne comme une montre, les gars !

Il embrayait sa première vitesse lorsque ses amis montèrent sur les marchepieds pour vider leurs poches en disant :

— Tiens, t'en auras besoin... Bonne chance, Karl !

Ils lui donnèrent tout ce qu'ils possédaient en dollars, et le rouquin en fut ému au point de ne pouvoir articuler un mot. Les autres sautèrent en lui criant de foncer. Levant la main, Herman lança encore :

— Oublie pas : le nord-ouest !... Passe une frontière et t'es sauvé... Et évite les ports !

Pour remercier, le géant leva sa lourde patte,
celle qui avait tué le flic. Il démarra très vite, sans
se retourner, attentif uniquement à la route qu'il
suivait et au bruit agréable de ce moteur qui
tournait si bien.

2.

Sur ces routes inconnues, le grand Karl roulait comme on navigue par temps clair en plein océan. Il se souvenait de l'enseignement de son père, marin pêcheur avec lequel il avait passé tant de nuits en mer. Un œil sur la route et l'autre dans le ciel, il se répétait les mots de son père :

— Les étoiles, petit. Souviens-toi : les étoiles. Dans le monde entier elles te parleront la même langue. Une fois que tu la connais bien, cette langue-là, tu peux plus te perdre.

Bon mécanicien de marine, Karl connaissait les moteurs. Il demandait à ce petit Ford tout ce qu'il pouvait exiger de lui sans courir aucun risque. Il allait comme fait le marin surpris par le gros temps et qui n'a de secours à espérer de personne.

Karl ne s'arrêta que pour vider dans son réservoir le contenu de la nourrice. Il roula ainsi jusqu'à l'entrée de Newport. Là, il s'arrêta en apercevant, sur sa droite, dans une petite dénivellation, la lueur d'un feu. Il ne devait plus être bien loin de la frontière. Il se disait :

— C'est pas le moment d'aller donner du nez dans un poste avec ce camion.

Cette lueur lui parut de bon augure. Il arrêta le Ford, descendit et se mit à marcher lentement sur un sentier poussiéreux. Dès qu'il put observer le feu entre les buissons, il s'immobilisa. Des hommes allongés dormaient à même le sol. Un seul se tenait accroupi près du foyer et semblait occupé à faire chauffer de l'eau dans une casserole. Karl savait quelle crise traversait l'Amérique et que partout, sur les routes et aux abords des villes, des malheureux à la recherche de travail vivotaient de menues besognes, de larcins et de mendicité. Il s'approcha de l'homme qui le regarda à peine. Il s'accroupit près du feu et sortit son tabac. Tout de suite, l'autre se retourna vers lui. C'était un petit maigre au visage tanné et envahi de barbe, Karl bourra un gros brûle-gueule, puis il tendit sa blague en disant :

— Tu peux en rouler une.

L'œil de l'autre s'alluma. Sa main maigre qui tremblait déchira un morceau de journal où il se roula une cigarette grosse comme un havane. Karl reprit sa blague en demandant :

— La frontière, c'est à combien ?

Le gars se leva et fit signe à Karl de le suivre. Ils marchèrent sans rien dire jusqu'au camion, et là, l'homme expliqua :

— Tu comprends, faut pas risquer de réveiller ces paumés. Tous des cassés, comme moi. Je préfère que tu me donnes de quoi en rouler deux ou trois, plutôt que de te faire vider ta blague.

Karl hésita un instant, puis, s'approchant du gars qu'il dominait d'au moins trois têtes, il dit lentement :

— Écoute. Faut que je passe la frontière. Si tu me montres un endroit, j' te laisse ma blague et j' te donne cinq dollars... Et j' te laisse même le Ford, si tu peux le fourguer.

L'autre se mit à rire.

— Ça, c'est plutôt le cadeau empoisonné.

Il hésita un moment avant de demander :

— T'es allemand ?

— Oui, et alors ?

— T'es marin et t'as débarqué parce que t'es pas d'accord avec Adolf ?

Karl faillit le faire taire d'une mornifle, mais il se retint à temps. Ce noiraud venait de lui donner une idée. Il dit :

— C'est ça, j'ai eu des mots avec des gens du parti nazi.

— C'est bon. Je vais t'aider. Mais tu sais, la route, à pied ou avec ton Ford, faut pas y compter. Par les bois, c'est possible, mais le risque est grand. Est-ce que tu sais bien nager ?

— Certain. J' peux nager des heures.

— Alors monte dans ton engin, je vais te faire voir où passer.

Ils roulèrent sur une route étroite et poussiéreuse, puis sur un chemin de terre qui finit par se perdre entre des bois d'aulnes et de bouleaux

mêlés, et des friches. L'homme avait dit à Karl
d'éteindre ses phares. Il n'y avait pas de lune, mais
la clarté qui ruisselait des étoiles était suffisante.
Lorsqu'ils furent arrêtés, l'homme demanda :

— Ton camion, tu t'en fous vraiment ?

— C'est un bon camion. Je m'y étais fait très
vite. Ça me chagrine de l'abandonner, mais qu'est-
ce que tu veux ?

Ils traversèrent un taillis épais où l'ombre était
plus dense, pour déboucher sur une grève de
graviers d'où partait un lac bordé par endroits de
joncs et de roseaux assez hauts. L'eau calme
scintillait, plus lumineuse et plus vivante que tout
le reste du pays endormi. Le gars expliqua :

— C'est le lac Memphremagog. Tout en longueur vers le nord. Tu vois, la frontière le traverse
un peu plus loin que cette pointe où il y a de gros
trembles. Tu te mets à l'eau ici, tu nages une heure
et tu ressors au Québec. Tu fais un bon mille, et
c'est gagné, quoi !

Calmement, Karl s'approcha, il empoigna
l'homme par le devant de sa chemise à carreaux, et
il le souleva d'une main en grognant :

— Tu te fous de moi, dis ? Avec une pareille
clarté, même si je suis au milieu, on me verra de la
rive gros comme une maison !

— Arrête. Tu vas m' déchirer ça. Et j'ai rien
d'autre à me mettre, moi !

— M'en fous !

L'autre se cramponnait à l'énorme poignet de
Karl en disant, la voix étranglée :

— Regarde dans les herbes... Commence à monter des fumerolles... Dans moins d'une heure t'auras un brouillard terrible. Et ça te donnera plus d' deux heures pour passer... C'est largement assez. Tu peux me croire... Avec des temps comme ça, y a toujours du brouillard au lever du jour. Et épais, tu peux me croire.

3.

L'HOMME n'avait pas menti. Pareil à un voile qu'on sort de l'eau, le brouillard se leva juste à l'heure où le ciel blanchissait vers l'est. Il rampa lentement, fila entre les roseaux pour se couler sous les arbres de la rive, puis la couche prit de l'épaisseur et de la densité jusqu'à noyer les dernières étoiles. A cette aube à peine ébauchée fit place une nuit de lait qui s'en vint prolonger le sommeil du lac.

Karl donna le tabac et les cinq dollars, et l'autre partit sans un mot tandis qu'il s'asseyait pour se déchausser. Il glissa ses souliers sous sa ceinture, contre ses reins, puis il entra dans l'eau.

Il nagea un moment pour s'éloigner de la rive, puis il obliqua à droite. Il n'avait plus ni étoile ni soleil pour se diriger, mais il n'était pas inquiet. Il savait qu'il nageait dans la bonne direction.

Le brouillard était tellement dense qu'il eût fallu qu'une vedette de surveillance vînt lui cogner le crâne pour le découvrir.

Karl nageait sur le côté, sans faire plus de bruit qu'une couleuvre, la tête hors de l'eau pour écouter.

Le silence était total. Dès que le rouquin sortait une main de l'eau, le bruit minuscule qu'il faisait semblait emplir la nuit jusque vers des confins invisibles et lointains.

Deux fois, il s'allongea sur le dos. Parfaitement immobile quelques minutes, il reprenait son souffle sous la brume tel un dormeur couvert d'un énorme duvet.

Le maigrichon lui avait dit de nager un bon mille, sans doute avait-il déjà parcouru davantage, mais il n'éprouvait aucune fatigue. Puisque la brume persistait, il continuait de nager.

Peu à peu, la lumière colora l'air épais où se dessinèrent bientôt de vagues traînées roses. Les traînées se courbèrent et creusèrent des fossés de clarté, sculptèrent des ombres bleutées, comme si un troupeau eût marché très haut dans l'espace. Alors, Karl piqua vers la droite. Il accéléra un peu son rythme, mais toujours en évitant de sortir les bras de l'eau. Sa nage était à tel point silencieuse que, lorsqu'il aborda aux roseaux, il surprit dans leur sommeil des canards dont l'envol brutal le fit tressaillir. Le bruit fut énorme et Karl s'immobilisa dans les herbes, attendant que retombe le silence avant de gagner la rive.

Il était temps ! Déjà le soleil fouillait les vapeurs à grands gestes de feu ; déjà le vent naissant descendait des hauteurs de lumière pour pétrir cette haleine de l'aube qu'il pourchassait jusque sous le couvert.

Karl ne se retourna même pas pour regarder le lac où s'étirait un premier rayon d'argent. Il gagna la forêt proche. Il s'y enfonça. Insensible aux maringouins, il chercha l'endroit le plus touffu. Il se déshabilla et étendit ses vêtements sur des broussailles. Complètement nu. Énorme. Blanc et roux. Le sexe ratatiné par l'eau froide perdu dans sa toison de feu, il demeura un moment immobile à écouter la respiration rassurante de la forêt toute vivante d'oiseaux. Puis il s'allongea sur les feuilles, et dans l'instant, écrasé par la fatigue qu'il n'avait pas sentie, il s'endormit.

4.

Karl dormit comme une souche. Lorsqu'il se réveilla, le soleil avait largement dépassé le milieu de sa course. Les mouches noires minuscules et les maringouins l'avaient à tel point piqué que tout son corps n'était qu'une boursouflure. Il grogna :

— Foutu pays !... Combien de temps qu'il va me falloir rester là ? Et qu'est-ce que je vais fabriquer, moi, loin de la mer ?

Tout lui semblait soudain hostile et terriblement noir.

Il se gratta longuement la poitrine, le dos, les côtes, les épaules. La brûlure était atroce et il ne faisait que l'aviver.

— Karl, fit-il, faut que tu te refoutes à l'eau.

Avec beaucoup de prudence, il s'approcha de la lisière. Rien ne vivait que la nature. Il sortit du bois et entra dans l'eau sans s'éloigner de la rive et sans quitter la protection des roseaux, d'où s'élevaient des tourbillons de moustiques pareils à d'épais nuages. Le matelot répéta :

— Foutu pays... Qu'est-ce que je vais foutre là !

S'étant habillé, Karl fouilla ses poches et, regrettant de n'avoir plus une miette de tabac, il planta rageusement son brûle-gueule entre ses grosses lèvres. Les dollars humides étaient en paquet. Il les compta en les décollant. Il devait bien avoir de quoi vivre deux semaines, et cette constatation le réconforta quelque peu.

Cependant le souvenir de la bagarre le tenaillait. Cette forêt hostile où tant d'insectes le harcelaient lui semblait une espèce d'antichambre de la prison où il risquait de se retrouver bientôt. Il eut un haussement d'épaules et grogna :

— Putain de flic !... Saloperie ! Pourquoi qu'il a voulu sortir son feu, aussi ! A cause de ce con, me voilà propre... En tout cas, m'a pas empêché de roupiller... Bon Dieu, ma mère a dû oublier de me faire une conscience. Le remords, qu'est-ce que ça veut dire ?... La fille l'a dit : c'était une ordure, ce mec... Pis après tout, ce flic de Boston, y serait passé sous un camion, ce serait pareil. Je voulais pas le sécher, moi... C'est un accident...

Karl se mit à marcher pour s'éloigner du lac.

Il écartait les basses branches à grands gestes. Il y avait un peu de colère en lui.

— Ce flic, peut-être que c'était un mec qui rossait sa bourgeoise... Si ça se trouve, la voilà toute contente d'en être débarrassée... Et sans doute avec une pension du gouvernement.

Karl marcha sous bois, puis le long d'une prairie, puis dans un labour avant d'atteindre une petite route toute blanche de poussière. Le soleil avait plongé derrière la ligne boisée. Il devait rester une bonne heure de jour. La route allait nord-sud. Pour Karl, elle ne pouvait aller que vers le nord. Il la prit avec l'intention de faire du pouce, mais rien ne s'annonçait.

Comme tous ceux qui ont passé leur enfance dans les bas quartiers de Hambourg, au bord de l'Elbe et sur le port, il se débrouillait bien en anglais. De plus, il avait eu la chance de faire longtemps la liaison avec Bordeaux sur un cargo dont le chef mécanicien était breton. Karl parlait un peu le français. Pour une raison qu'il ne parvenait pas à cerner, il était convaincu que c'était au Québec qu'il devait rester plutôt que de tirer vers l'Ontario.

Tout cela était en lui assez clair, mais il ne savait même pas où il se trouvait. La route allait son tracé rectiligne par-dessus les collines. Les dernières lueurs s'étiraient lorsque Karl entendit un moteur derrière lui. La poussière montait haut.

Il s'arrêta pour écouter. C'était un camion. Karl grimpa sur le talus du côté gauche et se mit à faire signe. Le camion ralentit. Le chauffeur descendit ses vitesses et Karl se dit que celui-là savait conduire. Déjà il se réjouissait de monter avec un homme de son espèce qui aimait les moteurs.

En seconde, le camion arriva à sa hauteur et, lâchant le volant, le conducteur adressa au rouquin un geste obscène avant d'accélérer. Pris de court, Karl lança une bordée d'injures en allemand, mais déjà le moteur grondait, déjà la poussière enveloppait le colosse furieux.

— Qu'il s'arrête, celui-là, et que je le retrouve !

Son poing cogna dans sa main, et ce geste le calma soudain.

— Bon Dieu ! Un de séché hier, je vais pas devenir un tueur... Karl ! T'aimes trop cogner. Le père le disait. Ça mène pas loin, ces manières-là !

Cependant, l'image du chauffeur qui venait de l'insulter du geste restait en lui et il ajouta :

— La saloperie, tout de même, ça s'emporte jamais en paradis !

Karl marcha plus d'une heure d'un long pas soutenu, avant d'atteindre les premières maisons d'un village dont nul panneau ne donnait le nom. Il passa deux bâtisses, puis, sur la droite, alors qu'il atteignait le haut d'une côte pour aborder une longue descente, il vit un camion arrêté, feux éteints. Le camion, il le reconnut tout de suite. Nettement à l'écart de la route il y avait une maison dont les fenêtres étaient éclairées. Sans doute le chauffeur était-il là, mais pas un instant Karl ne s'arrêta à l'idée d'aller le corriger. Le petit Chevrolet flambant neuf suffisait à lui rendre la joie. Il souffla :

— En haut d'une pente, bonsoir, c'est trop beau !

Sans hésiter un instant, Karl monta dans la cabine. Il ne claqua pas la portière. Il repéra bien les manettes de conduite, tâta les pédales d'un pied qui connaissait, puis il desserra le frein à main et fit

28

aller la direction de droite à gauche et de gauche à
droite. Le camion hésita un instant, comme si
quelque regret le retenait, puis se mit à rouler. Il
prit si rapidement de la vitesse que dès le milieu de
la descente, Karl put enclencher la troisième et
mettre en route. Sans une secousse, sans un hoquet,
le moteur se mit à ronfler.

Karl attendit d'avoir fait un bon mille avant
d'allumer ses phares. Ce camion lui plaisait autant
que le Ford de Boston. A vrai dire, privé de
conduire depuis trois ans, il se fût senti heureux
avec n'importe quel véhicule à moteur entre les
mains. Il s'appliquait. Il écoutait tourner le moulin
comme une mère suspendue au souffle d'un nou-
veau-né. Il murmura :

— Y a rien à dire : les Américains, pour le
camion, c'est quelque chose !...

A un embranchement, il eut le choix entre l'ouest
et le nord. L'ouest, c'était Montréal. Le nord,
c'était Sherbrooke. Montréal était un port, il opta
pour le nord.

La chance était toujours avec lui. Peu avant
Sherbrooke, il aperçut, sur sa gauche, un terrain où
s'alignaient des voitures. Derrière, se dressait un
atelier de réparation. Il s'arrêta, démonta les
plaques de son camion et les échangea contre
d'autres.

A la première heure, il était dans Sherbrooke où
il réussit à tirer deux cents dollars de son camion.
Ce n'était pas le prix, mais le rouquin n'avait pas le
temps de discuter. Il empocha les billets et quitta le

nouveau propriétaire du bon petit Chevrolet avec un léger pincement au cœur qu'il chassa en murmurant :

— Au fond, pour ce qu'il m'a coûté !

La première chose qu'il acheta fut du tabac. Son brûle-gueule avait séché en même temps que ses vêtements. Mais il n'avait plus ni tabac ni allumette. Il trouva du beau blond en grain qui sentait fort le miel et autre chose d'indéfinissable. Ensuite, il s'offrit un pantalon, un blouson avec de grandes poches, et une casquette comme en portaient tous les robineux que la grande crise avait jetés sur les routes. Il y en avait autant ici qu'aux États-Unis, mais chaque pays devait redouter qu'il lui en vînt de chez le voisin, et c'est pourquoi les frontières étaient bien gardées.

Karl n'avait plus rien à craindre de la police des États-Unis, mais celle du Canada pouvait recevoir l'ordre de le rechercher. Alors, malgré l'envie terrible qu'il en avait, il renonça au restaurant et à l'hôtel. Il s'acheta un énorme pain, et une espèce de pâté de viande qui n'avait pas bel aspect mais qui sentait assez bon, et il s'en fut vers les bois.

5.

Durant plus d'un mois, le grand Karl joua l'aiguille dans la botte de paille. Une botte de paille énorme et sans cesse en mouvement, qui allait du Québec à la côte Pacifique. Il s'était assez bien intégré à ce flot de garçons jetés hors de chez eux par la crise et qui venaient de nulle part pour s'en aller n'importe où, espérant toujours que le travail se trouvait ailleurs, courant après un quignon de pain et un mégot.

Karl n'était pas tout à fait comme eux puisqu'il possédait l'argent du Chevrolet.

Lorsqu'il n'y avait ni soupe populaire ni petite besogne, il puisait dans sa réserve pour nourrir sa grande carcasse. Parfois, il s'offrait une chambre d'hôtel à une piastre la nuit avec bain au bout du couloir.

Un souffreteux qu'il avait empêché de rouler sous un train le présenta à son frère, qui travaillait chez Eaton. L'homme lui dit :

— Toi, y t'embaucheront.

— A quoi faire ?

— Y sont tannés d'appeler les flics chaque fois qu'ils prennent un voleur. Et les flics, y font rien !... Y a trop de misère. Tout le monde essaie de voler de quoi bouffer. Un gars arrêté, on le garde une nuit au poste et on le relâche. Alors, le directeur cherche des mecs costauds pour corriger les voleurs...

Karl ne le laissa pas en dire davantage. Il éclata de rire :

— Tu me vois, moi, faire le flic ! Ça alors, c'est fort !

Il offrit un soda et un hot dog aux deux frères pour les remercier. Le plus jeune lui demanda :

— T'as entendu parler du Fraser ?

— Non, qu'est-ce que c'est ?

— Une rivière où il y a de l'or. Avec un gars solide comme toi, je partirais, moi !

Une fois de plus, le gros rire de l'Allemand interrompit le bavard.

— Un solide pour te porter ! T'en as de bonnes, toi ! Tant que t'auras que des coups vicieux comme ça, tu peux te les garder !

Karl les laissa et reprit la direction de l'est. L'idée l'avait bien habité un moment de chercher à s'embarquer à Vancouver, par exemple, mais la voix d'Herman l'avait retenu.

— C'est toujours dans les ports qu'on recherche les marins.

Il s'était laissé pousser la barbe, et sa tête énorme était une grosse boule de feu sur ses épaules massives. A plusieurs reprises, des types qu'il n'avait pas remarqués l'abordèrent dans les bidonvilles ou le long des voies ferrées et disant :

— T'es l'Allemand. Tu te souviens pas, on s'est vus à Winnipeg, ou à Calgary ou à Regina...

Et certains ajoutaient :

— Toi, quand on t'a vu une fois, certain qu'on risque pas de t'oublier, t'es un maudit costaud !

Le rouquin était inquiet. Et ce qui lui fit vraiment peur, ce fut cette nuit où il se trouva aux abords d'une gare avec un jeune garçon qui l'aborda en disant :

— Toi, je t'ai vu à Sherbrooke. C'était en juillet, tabernac ! J' te reconnais. T'avais pas la barbe, mais j' te reconnais. Tu cherchais à vendre un camion ! Un beau Chevrolet.

Cette nuit-là, Karl ne put s'endormir.

— Jamais, se dit-il, le fantôme de ce putain de flic m'a tiré par les pieds, mais cet enfant de pourri finira tout de même par m'empoisonner la vie. Mille dieux, je vais pas passer mon existence à trimarder avec tous ces fauchés... La mer, c'est fini. Faut que je me fixe chez un paysan. Faut se terrer.

Comme il était arrivé au bout de son argent, l'ancien matelot se dit qu'il allait refaire le coup du camion pour ne pas s'en aller dans une ferme sans un sou.

— Comme ça, si t'as du liquide, tu peux offrir de bosser juste pour le gîte et la bouffe.

Karl était à bord d'un train qui roulait vers l'est.

D'autres robineux s'étaient hissés sur les toits des wagons, sur les tampons ou les marchepieds. L'aube était triste, avec un reste de pluie et de grisaille qui noyait les lointains. Le train ralentit à l'entrée d'une courbe où commençait une petite ville, Karl regardait sans bien savoir ce qu'il espérait découvrir, lorsqu'il aperçut, à quelques sabotées en contrebas, un petit cimetière de voitures et un atelier de casse. Sans réfléchir, il sauta. En bas du talus, il dit simplement :

— Commencer par les plaques, c'est pas si con que ça !

Il demeura un moment accroupi entre deux hautes touffes de bardane, laissa s'éloigner le roulement du convoi, puis, comme rien ne bougeait, il gagna le terrain où se trouvaient des carcasses et une dizaine de voitures attendant la casse. Il démonta deux plaques qu'il glissa sous sa chemise, dans sa ceinture. Le froid du métal lui fut presque agréable.

Quelques boutiques s'ouvraient. Il acheta du pain, des saucisses, des boîtes de bière et du chocolat. Lorsque ce fut fait, il ne lui restait plus que deux dollars et vingt-cinq sous.

— A présent, mon vieux, dit-il pour se donner des forces, t'as plus le choix.

Les camions étaient rares, et il dut se rabattre sur une énorme voiture d'un modèle qu'il ne connaissait pas mais dont la forme inspirait confiance.

— Ça doit être du solide !

Il n'eut aucun mal à la faire démarrer, et,

lorsqu'il quitta la rue où il l'avait prise, un regard dans le rétroviseur lui apprit que personne n'était sorti en l'entendant partir.

Karl roula raisonnablement durant quatre ou cinq milles, toujours vers l'est, puis, avisant un chemin qui montait sur sa droite, vers une forêt, il s'y engagea pour se donner le temps d'examiner sa prise, de changer les plaques, de jauger l'essence et de laisser passer les poursuivants s'il s'en trouvait.

Dès qu'il ouvrit le coffre, le colosse resta bouche bée. Trois winchesters automatiques étaient là, devant lui, avec une caisse qui contenait au moins trois cents cartouches. Il y avait aussi trois paires de bottes, des carniers, un bâton ferré et un large chapeau de toile. Dans un sac, il découvrit une dizaine de boîtes de bœuf en conserve, du riz et de la bière. Il rit tout seul en pensant à ce qu'il avait acheté.

Il empoigna une des carabines, fit jouer la culasse à vide, épaula et suivit le trajet d'un oiseau qui passait. Une envie enfantine d'essayer ces armes le prit. Il se donna seulement le temps de changer les plaques, puis, en marche arrière, il redescendit à la route qu'il reprit vers l'est en roulant beaucoup plus vite. Il parcourut encore une vingtaine de milles, puis, au cœur d'un massif forestier assez accidenté, il s'engagea dans un chemin de coupe qu'il suivit jusqu'au sommet d'une montagne. Là, le bois se transformait en une espèce de fouillis de ronces et d'arbrisseaux. Karl laissa la voiture dans le chemin, emplit ses poches de cartouches et suivit la lisière.

Pareil à un enfant longtemps privé de jouets, le grand rouquin se mit à tirer sur tout ce qui bougeait.

6.

KARL tuait. Il était pris d'une vraie rage de carnage. Il abattit deux lapins, puis des perdrix, puis un gros animal balourd dont il ignorait le nom. Il manqua un écureuil. Lorsqu'il n'eut plus de cartouches dans ses poches, il ramassa ce qu'il avait tué de plus gros et revint vers le chemin.

— Finalement, avec ces armes-là, je pourrais me faire trappeur. Je pourrais vivre dans la forêt, et personne viendrait m'y chercher.

Karl pensait à cela lorsqu'il arriva en vue de la voiture. Son arme était vide, et un homme attendait, accroupi sur les talons, à quelques pas du capot. Instinctivement, Karl mit en joue, mais l'homme ne leva pas les mains, il fit non de la tête, et s'inclina pour saluer, puis, dépliant lentement ses jambes, il se leva. Il était coiffé d'un large chapeau sans couleur et tout marqué de sueur. Sur ses épaules, une couverture brune. Il portait également un pantalon de velours en accordéon sur ses pieds nus.

C'était un Indien. Karl le vit tout de suite. Un Indien qui avait forcément vu les deux autres armes et les cartouches puisque Karl avait commis l'imprudence de laisser le coffre grand ouvert.

L'homme avait une gueule burinée, taillée dans un bois sanguin, sillonnée de rides, mais belle.

Karl s'avança, prêt à tout. L'homme sourit. L'Allemand s'efforça de sourire également.

Silence.

Un silence terrible après la pétarade de la winchester qui avait fait taire toute la faune de la forêt.

Lentement, l'Indien fit un geste pour désigner la carabine.

— Bon fusil, dit-il.

— Très bon. Je viens de l'essayer...

Karl s'interrompit. Il s'en voulait d'avoir répondu avec tant de hâte. L'autre allait se demander pourquoi il avait essayé cette carabine.

L'Indien dit :

— Tu en as trois.

— Oui. Et bonnes toutes les trois.

L'Indien hocha la tête lentement. Toutes ses rides semblaient exprimer une grande admiration. Il laissa passer un long moment avant de proposer à Karl de lui échanger une carabine contre un poney porteur habitué à la forêt.

Karl pensa à son idée de vivre comme les trappeurs et se demanda soudain s'il n'y avait pas un dieu pour récompenser et protéger ceux qui débarrassent le monde des mauvais flics.

L'Indien dit encore :

— Tu veux trapper, tu dois avoir un porteur.

Comme il tournait la tête vers la gauche, le grand Karl suivit son regard. Et ce ne fut pas seulement un poney qu'il vit, pas seulement deux autres poneys chargés et deux beaux chevaux de selle, ce ne fut pas seulement une vieille femme et quatre gosses, mais une fille, un éblouissement !

Le matelot demeura le regard rivé à cette Indienne. Il murmura en allemand :

— Jamais vu ça !... Jamais vu !

Le vieil homme hocha encore la tête un long moment avant de dire :

— Tu regardes ma fille, toi.

— Belle fille, dit Karl exactement comme l'Indien avait dit : bon fusil.

Cette fois, le silence s'étira. Quelques pépiements d'oiseaux avaient repris, mais Karl ne les percevait pas. Il n'était plus sensible qu'à la lumière étrange qui venait de cette fille. Après une éternité, de la même manière qu'il avait parlé d'échanger la winchester contre un poney, le vieux demanda :

— Tu la veux ?

Karl ne répondit pas. La fille lui sourit sans bouger. Le vieux attendit avant de reprendre :

— Elle sera une bonne épouse. Très bonne. Tu sais, elle est vierge. Elle sait tout. La forêt, elle sait. La cuisine, elle sait, le gibier, elle sait. Tes vêtements, elle sait. La maladie, elle sait.

Karl respira profondément. La sueur ruisselait sur son front. Des gouttes arrivaient à ses yeux. Il s'essuya d'un revers de main qui, un instant, lui cacha l'Indienne. Quelque chose se passa en lui qu'il ne comprit pas, qu'il ne comprendrait sans doute jamais. Sa parole sortit de sa bouche exactement comme sa main était tombée sur la nuque du flic de Boston, sans qu'il ait à réfléchir, sans qu'il le veuille vraiment. Il s'adressa au vieil homme sans cesser de regarder sa fille :

— Elle et le poney contre la carabine et quarante cartouches.

L'Indien laissa filer une minute, peut-être la plus longue de toute l'existence de Karl. Enfin, il dit, toujours sur le même ton incolore :

— Le poney, la fille, un bon cheval de selle tout harnaché, contre deux carabines et cent cartouches.

Karl, qui avait retenu son souffle pour bien entendre, respira comme s'il allait plonger pour passer sous la quille d'un trois-mâts. Il n'articula pas le moindre son. Sa grosse tête embroussaillée fit oui par trois fois.

Le vieux s'avança lentement et dit d'une voix plus lente et plus grave.

— Tu es mon fils.

Puis il s'éloigna en direction du coffre de la voiture. Il ne savait pas compter mais il fit aller les doigts de ses deux mains à mesure que l'Allemand sortait les cartouches pour en faire des petits tas. Lorsque les tas furent alignés sur la poussière du chemin, le vieux fit encore jouer ses doigts puis cria quelques mots dans sa langue. La vieille vint avec un sac en peau et ramassa les cartouches qu'elle emporta. Le vieux lui dit encore quelques mots, et, dès qu'elle arriva près des bêtes, Karl vit la fille s'avancer à son tour, tenant par la bride le poney. Sous son bras gauche, la fille portait un petit coffre en bois blond. Derrière elle, venait un enfant qui tirait un cheval harnaché à l'indienne.

Le cœur de Karl cogna si fort qu'il se demanda si le vieux n'allait pas l'entendre. Peut-être bien que toute la forêt l'entendait ! Peut-être ces coups sourds se communiquaient-ils à la terre pour faire vibrer les arbres et les rochers !

— Donne les fusils.

La voix de l'Indien fit sursauter le géant qui prit les deux carabines et les tendit. Le vieux les reçut et fit oui de la tête. Avant de s'éloigner, il dit encore :

— Bientôt, je reviendrai... Elle va te montrer le chemin. Et l'endroit où tu dois construire.

Il se tut un instant, puis, comme le rouquin ne répondait rien, il se tourna vers sa fille et lui parla dans leur langue, beaucoup plus vite que lorsqu'il s'exprimait en anglais. La fille fit oui de la tête à plusieurs reprises, puis le père se tourna de nouveau vers Karl et dit encore :

— Elle s'appelle Aldina. Elle a seize ans... Elle croit en Dieu, tu sais.

Le colosse eut envie de rire et de répondre qu'il s'en foutait, mais il n'en fit rien. Il contemplait toujours cette fille qui continuait de serrer sous son bras son petit coffre de pin tandis que son autre main agrippait à pleine poignée la longue crinière fauve du poney. Karl prit la bride du cheval que lui avait amené l'enfant. Par-delà Aldina, il vit, un peu flou, le vieillard et l'enfant qui s'éloignaient. Puis il vit le groupe de la famille disparaître à l'angle du bois.

La fille immobile souriait. Elle portait une longue robe brune en grosse toile sous laquelle se devinaient un corps souple et deux seins fermes. Ses cheveux tombant sur ses épaules étaient noirs, noirs comme son regard derrière l'étincelle d'un reflet. Karl demanda :

— Tu parles anglais ?

Elle fit oui de la tête et son sourire découvrit ses dents éclatantes.

— Qu'est-ce que tu es, comme peuple ?

— Iroquoise, dit-elle avec fierté. Iroquoise du clan de l'Ours.

7.

Karl avait connu un grand nombre de filles à Hambourg et dans tous les ports où il avait si souvent fait escale. Qu'il eût été contraint de les payer ou qu'elles se fussent données pour le plaisir, il les avait toujours dominées de toute sa taille. Il leur avait fait sentir sa force et souvent son mépris. Elles n'avaient jamais rien été pour lui qu'un bétail partout le même. Peu importait la couleur de leur peau ou la langue qu'elles parlaient, elles appartenaient toutes au même troupeau placé sur la terre pour le plaisir des marins en bordée.

Le grand Karl s'était toujours montré parmi les plus durs avec les femmes, et voici qu'il fondait. Là, tout seul dans cette forêt inconnue en présence d'une Indienne, il fondait. Il ne savait même plus s'il avait le droit de l'approcher, de la toucher du bout des doigts. Il se contentait de la regarder en souriant.

Finalement, il demanda :

— Tu es contente ?

Elle fit oui de la tête, attendit un peu et proposa :

— Tu veux voir ce que j'ai dans mon coffre ?

Karl dit oui, puis, se reprenant aussitôt, comme si ce mot désignant un objet eût constitué pour lui un rappel aux réalités terrestres, il dit :

— Non. Plus tard. Faut commencer par savoir où on va. Où est-ce qu'il t'a dit d'aller, ton père ?

Elle lâcha la crinière du poney qui s'ébroua, elle eut un beau geste souple du bras pour désigner la forêt du côté de la montagne.

Elle dit :

— Là-bas. Sur le versant du soleil levant. Pas loin de la réserve où ils vont... Je connais. Il y a une source.

— Tu y es déjà allée ?

— Non, mais le père m'a dit.

— Tu es certaine de trouver ?

— Certaine de trouver.

Karl regarda un moment autour de lui, puis, comme s'il sortait d'un rêve, il lança :

— Merde ! Mais y a cette bagnole. Ça vaut des sous. Et des sous, j'en ai plus.

Un peu inquiet, il se tourna vers l'Indienne et demanda :

— Est-ce que tu peux m'attendre ici, sans bouger ?

— Je peux.

— Assez longtemps ?

— Longtemps.

Avisant un sac de peau qui pendait à la selle du cheval, il demanda :

— Qu'est-ce que c'est?

— A moi. Pour filer, pour soigner.

— Vide-le.

Elle décrocha le sac dont elle vida sur l'herbe le contenu. Karl aperçut un flacon, une boîte de conserve, des aiguilles de bois et d'autres objets parmi des pelotons gris et des morceaux de tissus.

— Donne, je te le rendrai.

Il alla mettre une vingtaine de cartouches dans le sac ainsi que de quoi faire deux bons repas. Puis il transporta tout ce que contenait le coffre de la voiture sous un buisson épais. Il ne garda dans la voiture que la carabine et ce sac. Il monta, manœuvra dans la friche et partit sans un mot.

Dans le rétroviseur, il vit Aldina immobile entre son poney et le cheval. Aldina éblouissante qui le regardait s'éloigner.

8.

Une fois de plus, le rouquin eut de la chance. A moins de quatre milles il trouva une bourgade où un forestier italien accepta de lui donner cent piastres de son char. Ce n'était même pas la moitié du prix, mais Karl n'avait aucune envie de s'éterniser. Sans doute l'autre l'avait-il senti. Lorsque tout fut réglé, il demanda où se trouvait le magasin général, et l'Italien le déposa devant la porte en proposant :

— Si tu veux que je te reconduise d'où tu viens...

Karl eut le mot sur la langue pour accepter, mais il se reprit vite et dit :

— Non. Je vais à Vancouver. Je vais faire du pouce.

L'autre eut un sourire entendu et démarra dans un nuage de poussière.

Dans le magasin général, Karl acheta une scie avec une lame de rechange, deux haches (une grande et une petite), des clous et un paquet de chandelles. Il prit aussi du tabac et une boîte de bière qu'il vida sur place. Il fourra ses achats dans son sac qu'il lança sur sa nuque après avoir mis à l'épaule la carabine et la scie. Il s'assura que l'Italien n'était pas en train de l'observer, puis il reprit la direction de la forêt.

Pour plus de sécurité, il coupa droit à travers des prairies jusqu'à l'endroit où commençait la montagne. Là, il s'engagea sous le couvert, persuadé qu'il trouverait le chemin en haut duquel l'attendait l'Iroquoise.

Son sac sur la nuque à la manière des marins, il allait d'un fameux pas. La sueur lui coulait sur tout le corps.

Au moment de partir, il n'avait pas un seul instant douté que la fille l'attendrait. Et voici qu'à présent, il était persuadé qu'elle aurait disparu. Il allait comme une bête, le souffle court. Écumant d'avoir été si stupide.

— Elle aura filé rejoindre le vieux... fameux con que tu es... Tu vas te retrouver sans rien. Juste ce que tu as sur toi... Et plus de bagnole !

Ses outils lui paraissaient à tel point dérisoires qu'il pensa les jeter pour aller plus vite. Des envies de meurtre l'habitaient.

— Faire confiance à des Indiens, saloperie ! Ce qu'il faut être con !

Enfin, il aborda le chemin et c'est tout juste s'il ne se mit pas à courir. Il n'était plus très loin du haut. Il accéléra encore le pas, les yeux brûlés de sueur, la gorge en feu. Le souffle pareil à celui d'un taureau.

47

Débouchant sur le replat, il découvrit le cheval et le poney qui broutaient sans bride ni harnais, à la lisière du bois. Il fut rassuré et s'arrêta pour reprendre son souffle. Il cherchait l'Iroquoise des yeux en se répétant qu'il était le plus roux des crétins et le plus con des rouquins.

Elle était là. C'était certain. Elle ne pouvait pas être partie en abandonnant ses bêtes. Et voilà qu'à présent, lui, Karl le colosse tueur de flics, il n'osait plus approcher. Il continuait de souffler, de suer dans ses vêtements trempés, sous son sac qui lui brisait la nuque, et la peur le tenait de se retrouver seul avec cette enfant qu'il venait d'acheter.

Il s'avança lentement, comme s'il s'attendait à voir surgir une bête dangereuse. Il alla jusqu'au buisson où il avait enfoui son bien. Il posa son sac, sa scie et son fusil. Il s'apprêtait à appeler lorsque la voix d'Aldina lui arriva.

— Je suis là !

— Où donc ?

L'Iroquoise émergea d'un roncier qu'il venait de frôler au passage. Il contourna le fouillis pour la rejoindre dans un espace couvert de mousse où elle était accroupie. Autour d'elle, sous un bourdonnement de mouches, s'étalait le gibier dépecé et les peaux tendues sur de petits châssis en bois écorcé qu'elle venait de fabriquer. A côté d'elle était un couteau à manche de corne.

— Qu'est-ce que tu veux faire de tout ça ? demanda Karl.

— Fumer... Il n'y a pas partout autant à tuer. Et les peaux, tu verras.

— Tu n'as pas faim ?

Elle fit oui de la tête. Puis elle dit :

— Il faut marcher. Il faut arriver avant la nuit.

Ils mangèrent rapidement du pain et du bœuf à la tomate froid qu'elle trouva très bon. Ensuite, elle chargea elle-même ce qu'ils possédaient sur le poney. Elle exécutait tout avec une adresse qui laissait Karl béat d'admiration. Lorsque tout fut prêt, elle dit :

— Tu montes sur le cheval. Et tu me suis.

Karl n'avait jamais monté. Il regarda la bête fringante que les mouches noires agaçaient. Il dit :

— Non. Toi tu montes.

Elle parut surprise. Elle dit en riant :

— Moi avec toi ?

— Non. Toi toute seule.

Elle avait des mimiques extrêmement expressives. Tout son visage parlait. Son rire était frais avec de belles sonorités graves et aiguës, jamais discordantes.

— Monte, dit Karl. Je sais pas monter, moi. Je suis marin, je suis pas cavalier.

— Jamais monté !

Ses yeux étaient immenses d'étonnement.

— Non, dit Karl un peu honteux.

Alors, elle ne put se retenir. Son rire éclata, qui assombrit Karl un instant, puis le gagna. C'était un de ces rires auxquels nul ne saurait résister. Lorsqu'ils se turent, Karl avait les larmes aux yeux.

49

L'Iroquoise le regarda d'un air sérieux, puis elle dit :

— Faudra apprendre. C'est un bon cheval, tu sais... Très bon cheval.

Elle bondit, s'assit sur la bête, retroussa sa robe et enfourcha.

Karl resta un instant ébloui par la beauté de ses cuisses musclées où la lumière blonde jouait comme sur un velours.

9.

ILS traversèrent la montagne en coupant à travers bois. L'Iroquoise allait devant, à l'aise sur ce cheval avec lequel elle semblait faire corps totalement. Le poney porteur suivait, puis venait le grand Karl, qui n'avait gardé que la carabine au bras et quelques cartouches dans ses poches.

Karl admirait cette fille. Il n'y avait que quelques heures qu'il l'avait trouvée sur son chemin, et pourtant, il avait déjà changé de peau. Il se demandait sans cesse s'il n'était pas en train de rêver ou s'il ne redevenait pas un enfant.

A deux ou trois reprises au cours de la journée, son passé s'en vint le visiter, mais en bouffées rapides, en images mal éclairées et un peu sautillantes comme celles du cinéma.

Cette fois, le flic de Boston était bien mort.

Il y avait à peu près une heure qu'ils avaient commencé de descendre entre les rochers et des bouquets d'arbres où les résineux se mêlaient aux

51

feuillus, lorsque l'Indienne arrêta sa monture et sauta à terre. Rien ne distinguait cet endroit du reste du paysage, et pourtant, c'était bien là que jaillissait la source, au pied d'un gros rocher usé par des millénaires de vent porteur de sable.

— Tu vois, dit-elle, c'est une bonne eau.

Elle s'agenouilla et but longuement.

L'eau était glacée et Karl s'empressa de poser deux boîtes de bière sur le fond d'un petit bassin naturel que le courant avait creusé dans un sol de gravier. A quelques pas de la source, une futaie commençait qui devait descendre assez loin vers le nord-ouest.

— Où on est ? demanda Karl.

— A la source des Trois Pierres.

— Ça ne me dit pas grand-chose.

La fille leva la main en direction du sud-ouest et dit :

— Les miens sont là. Mon père viendra.

Le soir approchait. Un ciel de sang écrasait les lointains où miroitaient des lacs. La rougeur montait vers un bleu froid où elle se noyait après avoir traversé de longs stratus mauves.

La fille regarda et dit :

— La pluie, demain... Demain dans la deuxième moitié du jour.

Et elle se mit à rire.

Elle avait commencé de décharger le poney, entassant tout au pied d'une des trois énormes roches qui encadraient la source. Au milieu d'un replat qui partait des rochers pour s'engager sous le couvert, elle prépara un feu. Karl qui l'avait regardée agir s'en fut chercher du bois. Lorsqu'il revint, le feu flambait et de menues tranches de viande de lapin grillaient sur des braises tirées à l'écart du foyer. La fille en prit une à la pointe de son couteau et la tendit à Karl en disant :

— Bon pour les hommes.

Le rouquin n'osa pas lui demander ce qu'elle entendait par là. A mesure qu'approchait la nuit, il se sentait ému. Allait-il la prendre ? Est-ce qu'elle avait compris pourquoi son père l'avait vendue ?

Le grand Karl n'eut pas à s'interroger long-temps. Aldina rangea leur matériel, le recouvrit d'une peau qui servait à seller le cheval et qu'elle fixa avec des aiguilles de bois piquées en terre. Lorsque ce fut fait, elle ôta sa robe, alla s'accroupir dans l'eau glacée et se lava le corps.

Ses gestes et sa nudité étaient d'une telle grâce et d'une telle pureté, que le grand Karl se trouva gêné d'être là, habillé, lourd, emprunté et puant la sueur. Il eut un instant l'idée de se dévêtir et d'aller se laver lui aussi, mais déjà la petite revenait, étendait près de la roche la plus éloignée de la source une grande couverture de laine et s'y allongeait en disant :

— Viens... Il faut venir... Tu es mon mari.

Il s'approcha lentement. Elle s'était allongée sur le dos. Sa taille fine se vrillait légèrement. Sa hanche droite reposait sur le tissu à gros grains, sa jambe gauche au genou plié cachait son sexe. Ses bras étaient levés et ses mains jointes derrière sa tête. Ainsi, sa poitrine était à peine plus marquée que celle d'un adolescent.

Le grand Karl pensa :

« La beauté des beautés ! »

Il demeura un instant immobile, dominant ce corps frêle de sa masse énorme.

— Tu viens pas, fit-elle, qu'est-ce que tu as ?

Il eut un léger mouvement en avant, comme si une force montant de la terre l'eût attiré pour le faire basculer. Il se sentit pareil à l'aiguille de la boussole, mais le nord dut se déplacer soudain, car le rouquin s'ébroua. Il fut comme un chien qui sort de la neige. S'arrachant d'un coup, il fit demi-tour, courut à la source, ôta ses vêtements, puis, semblable à un pachyderme qui prend une cuvette pour un lac, il se roula dans le petit bassin, éclaboussant le sol autour et la roche au-dessus, faisant gicler des milliers de perles que coloraient de rose les cendres encore lumineuses du crépuscule.

Redressée sur un coude, l'Iroquoise riait, riait d'un rire d'enfant aussi limpide que la source.

10.

La nuit fut belle, sous les étoiles. Jamais le grand Karl n'avait connu ni rêvé pareil bonheur. Avec cette vierge d'apparence si frêle mais qu'on sentait robuste et saine comme un bel animal de prairie, le géant se découvrait des trésors de tendresse qui avaient dû sommeiller au fond de lui depuis son enfance.

Des trésors de tendresse qui allaient peu à peu se métamorphoser en un bel amour.

Car tout était joie avec Aldina, même la pluie avant que ne soit achevée leur cabane de trappeur, même l'orage, même la plus pénible des besognes.

C'était vrai qu'elle avait tout appris de son père et de sa mère, la forêt comme les soins à donner à la terre, à la maison, au feu, à la cuisine, à la conservation des viandes...

La seule chose que personne ne lui eût enseignée : l'amour, elle le savait d'instinct ; elle en avait le cœur débordant et le corps gonflé comme un beau fruit est gonflé de son jus le plus savoureux.

Ils s'installèrent sur le replat près de la source, en un lieu que l'Iroquoise désigna parce qu'il s'offrait à la lumière sans trop s'exposer au vent. Elle pensait à l'hiver. Elle en parlait. Elle savait où placer la porte pour que les remous portent ailleurs la neige et que le sol sur le seuil fût toujours balayé. Elle disait avec son rire de cristal :

— Tout le travail que tu fais faire par le vent, tu n'as pas à le faire. Le père dit : la paresse rend intelligent.

Elle savait quel bois choisir et comment l'abattre. Elle enseignait à Karl la manière de tenir sa hache pour le débiter sans risques. Elle lui montrait aussi les secrets de l'assemblage. Elle rit beaucoup lorsqu'elle le vit avec des clous.

Elle riait pour tout. Et Karl, si susceptible d'habitude, riait avec elle chaque fois qu'elle relevait une de ses maladresses.

Mais un bon mécanicien sait se servir de ses mains. Il a le sens de l'outil et, bientôt, le rouquin fut aussi habile que la petite. Comme il était fort et talonné par son amour-propre, ce fut finalement lui qui porta la grosse part de l'ouvrage.

Souvent, l'Iroquoise disait :

— Je te montre ce que je sais d'ici, mais toi, quand nous irons dans ton pays, tu me montreras ce que tu sais de la ville.

La ville, elle en rêvait nuit et jour. Elle n'avait traversé que des villages ou de toutes petites cités proches de la montagne, mais elle rêvait des villes immenses, des lumières, des cinémas.

Dès que leur maison fut construite et qu'ils y furent installés, un matin, l'Iroquoise dit :

— Est-ce que tu as vu mon coffre ?

—. Oui, il est très beau.

— Tu veux voir dedans ?

— Si tu veux.

Elle souleva le petit couvercle de bois clair qui pivotait sur des charnières de cuir, et Karl découvrit tout un bric-à-brac de babioles colorées et d'images pieuses mêlées à des illustrations découpées dans des revues.

Elle montra en détail au rouquin tout son petit avoir. Quelques pièces de monnaie périmées, un collier de billes en fer-blanc, des clefs de boîtes à sardines, une paire de ciseaux, un canif à lame cassée, des boulons, un bouchon de bouilloire en cuivre rouge, une écaille de tortue pleine de petits cailloux noirs et blancs, une vieille brosse à cheveux et un morceau de miroir.

Lorsqu'elle eut tout montré, elle se mit en devoir de tailler des aiguilles de bois avec lesquelles elle placarda au mur de rondins ses images découpées et celles qu'elle avait reçues des mains d'un missionnaire. Ainsi, dans cette décoration, des christs en croix, des vierges auréolées de lumière et des bons dieux barbus assis sur des nuages voisinèrent-ils avec des filles présentant des tenues de bain, avec des vedettes de cinéma vêtues de voiles transparents. Tout cela autour d'une page où s'avançait une magnifique femme blonde portant une robe blanche, serrée à la taille et aux chevilles, ornée de dentelle. Cette image-là semblait vraiment exercer sur l'Indienne un grand pouvoir, car il lui arrivait de la contempler longuement en répétant :

— Que c'est beau... que c'est donc beau !

Un jour, le regard luisant d'extase, elle se tourna vers Karl pour lui demander :

— Tu en as vu, toi ?

Embarrassé, le grand fit la moue.

— Oui, des fois.

— Tu m'emmèneras, un jour ?

— Oui. Je t'emmènerai. C'est promis... plus tard.

Une grande lumière de bonheur éclaira alors le visage de l'Indienne qui sortit, ramassa une branche et se mit à tourner autour de la cabane en cognant sur les planches de toutes ses forces. Karl sortit à son tour et cria :

— Qu'est-ce que tu fais, t'es maboule ?

Sans l'écouter, elle boucla encore un tour et s'arrêta en disant :

— Je suis heureuse avec toi, je veux pas te perdre.

— Me perdre ?

— Oui, je fais peur aux esprits des morts de ta famille. Je les éloigne pour qu'ils ne viennent pas te reprendre à moi.

Elle était d'un grand sérieux. Elle ne riait pas. Pas plus qu'elle ne rit le jour où elle guérit Karl d'un accès de fièvre en frappant le sol autour de lui avec son écaille de tortue, en dansant et en chantant jusqu'à tomber épuisée, couverte de sueur.

— Tu es folle, dit Karl.

— Non, tu dois être guéri.

Le grand se leva et reconnut :

— C'est vrai. Je me sens mieux. Je n'ai plus la tête qui tourne. Mais toi, te voilà dans un bel état !

La petite ébaucha un sourire et murmura :

— C'est naturel. La fièvre est sortie de toi pour me courir après. Elle m'a attrapée, mais en courant, elle a perdu toute sa force. Tu verras, pour moi, ça sera rien du tout.

Le grand Karl s'agenouilla près d'elle, et, la soulevant dans ses bras, il la serra très fort contre lui en disant :

— Je t'aime, tu sais... Je t'aime, mon amour.

C'était la première fois qu'il prononçait ces mots, et il en fut profondément ému.

11.

IL y avait à peu près deux semaines qu'ils étaient
là lorsque le père d'Aldina vint les voir. Du seuil,
avant d'entrer, il parla à sa fille dans leur langue.
Elle répliqua en quelques mots, et là seulement, le
vieux répondit au salut de Karl et entra.

Il alla s'asseoir et s'immobilisa. Les yeux mi-clos,
il semblait vraiment taillé dans le bois, pas plus
animé que le billot sur lequel il était assis.

Embarrassé, Karl ne savait quoi dire. Il finit par
demander au vieil homme s'il voulait boire;
l'Indien fit non de la tête. Karl regarda l'Iroquoise
qui se tenait debout, à trois pas de son père.
Finalement, il demanda :

— Est-ce que tu es content des carabines ?

Le vieil homme sourit imperceptiblement et
hocha la tête en disant :

— Très bons fusils.

Deux minutes au moins de silence coulèrent
entre eux, puis le vieux dit d'un ton neutre :

— Je viens chercher des cartouches.

Karl était embarrassé, il avait chassé et, depuis

quelques jours, il économisait ses munitions. Il demanda :

— Est-ce qu'il n'y a pas un endroit pour aller en acheter ?

Toujours après un temps, le vieux répondit :

— Oui... Si tu vas à W..., tu en trouveras. Avec le cheval, c'est à moins de la moitié d'un jour.

Il regarda Aldina, lui parla dans leur langue et dit à Karl :

— Elle te montrera le chemin.

Il attendit encore un long moment avant de répéter :

— Je suis venu chercher des cartouches.

Karl lui en donna vingt et dit que c'était tout, qu'il ne pouvait plus en donner.

— Tu as vendu le char, dit le vieux. Tu as beaucoup d'argent.

Puis il se leva et partit sans un mot, sans un regard, comme il était venu.

Lorsqu'il eut disparu, l'Iroquoise expliqua que son père ne pouvait pas aller acheter des munitions. Karl l'interrogea, mais elle refusa de préciser si la loi interdisait qu'on en vendît aux Indiens, ou si c'était son père qui se trouvait privé du droit de posséder une arme à feu.

Dans la semaine qui suivit, Karl apprit à se tenir en selle. Il y parvint assez rapidement, et, dès qu'il sut, Aldina se fit d'une extrême gentillesse pour qu'il l'emmenât jusqu'à W..., exactement comme si cette agglomération de cinq cents âmes eût été le paradis terrestre.

Ils partirent un matin à l'aube, Aldina sur le poney et Karl qui suivait, à peine rassuré, sur le cheval.

A W..., dans un magasin général, Karl acheta un poêle en tôle pliant, deux casseroles, de la bière, des conserves et un couteau à dépecer. Il alla également acheter des cartouches, puis, dans une boutique où l'on vendait du tissu à la verge, il acheta de quoi faire des draps, une paillasse et une moustiquaire. Comme Aldina regardait un chapeau sur lequel était cousue une fleur de tissu énorme et ridicule, il lui demanda :

— Tu aimes ça ?

— Oh oui ! fit-elle avec son regard de paradis.

— Essaie-le.

Elle le posa sur sa tête et alla devant un miroir. La femme qui vendait le tissu lui montra comment le mettre. Elle se tourna vers Karl et demanda :

— Je suis belle, hein ?

— Moi, fit-il, je t'aime mieux tête nue, mais si ça te fait plaisir, je te l'offre.

Tenant le chapeau enfoncé à deux mains pour ne pas le perdre, elle vint embrasser Karl et se mit à exécuter une espèce de danse de joie un peu folle. Ses cris firent sortir de l'arrière-boutique un vieil homme qui regardait par-dessus de petites lunettes. Lorsqu'elle l'aperçut, l'Iroquoise parut interloquée. Elle s'arrêta de danser, puis, partant d'un immense éclat de rire, elle sortit dans la rue sans attendre Karl qui réglait la note.

12.

LA deuxième visite du vieux eut lieu au début de l'hiver. La première neige était tombée, apportée par le même vent qui arrachait aux arbres leurs dernières feuilles rousses. Tout de suite après sa venue, le froid s'était installé. Karl eût aimé porter ses peaux à la ville, mais l'Iroquoise avait dit :

— Non. Laisse. Je ferai des vestes. Et tu vendras bien plus cher.

Elle s'était mise à l'ouvrage et, une fois de plus, le rouquin admirait ses gestes et son savoir instinctif.

En réalité, il l'admirait à chaque instant de la vie parce qu'il l'aimait.

Elle était à travailler ses peaux lorsque son père arriva.

Comme la fois précédente, ils échangèrent quelques propos dans leur langue avant qu'il ne se décide à prendre place sur le billot où il s'immobilisa, tassé et recroquevillé sous son épaisse couverture, le chapeau enfoncé jusqu'aux yeux.

Après un long moment, il désigna du menton le travail de sa fille et demanda :

— Pour vendre à la ville ?

— Bien sûr, dit-elle.

Le vieux hocha la tête, sembla mâchonner quelque chose puis, fixant Karl entre ses paupières mi-closes, il demanda :

— Pourquoi tu vas pas habiter à la ville ?

Sans hésiter, Karl, qui attendait cette question depuis le premier jour, répliqua :

— Parce que je préfère la forêt.

Le temps habituel passa, puis le vieux dit :

— Dans la forêt, la police vient jamais.

Karl réprima un élan de colère qui l'eût poussé à empoigner le vieux pour lui imposer silence. Il laissa filer l'air de sa poitrine et dit :

— Si on veut.

— L'hiver ici, fit le vieux. Pas bon. Très froid. Un vent terrible.

— On a tout calfaté les joints avec de la mousse et de la pitche. Comme on fait pour étancher les bateaux.

— J'ai vu. C'est bien... mais ce sera froid tout de même.

Il s'écoula un long moment durant lequel l'Indien suivit des yeux les gestes de sa fille, puis examina les murs de rondins avant de revenir à Karl pour demander, de sa voix la plus neutre :

— Donne tes papiers.

Karl bondit :

— Mes papiers ? Pour quoi faire ?

— Tu as ma fille. Tu es mon fils... Donne.

Le cerveau de Karl se mit à fonctionner rapidement. Il se dit qu'avec ses papiers, l'Indien pouvait se rendre dans un poste de police et le vendre. Il se dit cela, et pourtant, il alla prendre ses papiers dans sa grosse veste et les apporta au vieux qui les mit dans sa poche sans même les regarder.

Dans la semaine qui suivit, Karl descendit au magasin général où on lui acheta quatre-vingts dollars les vestes et les mitaines confectionnées par l'Iroquoise. Lui-même était entièrement vêtu de peau, et fier que ce fût celle qu'il aimait qui l'ait ainsi habillé. En regagnant la montagne, il calcula qu'il avait plus de cent cinquante piastres, des cartouches, des provisions et une bonne cabane pour passer l'hiver.

A l'approche de la source, pour la première fois peut-être depuis son départ de Boston, il se sentit vraiment installé ici au point d'y être chez lui. De savoir que son Iroquoise l'attendait à côté du poêle de tôle était pour lui une immense joie. Quelque chose qui le réchauffait davantage qu'un grand feu de branchage.

Il remontait à la petite un collier de verre et une vraie montre-bracelet.

Ils eurent une bonne soirée.

Il avait commencé de lui apprendre à lire et à écrire l'anglais, mais ça n'allait pas vite, car lui-même devait tout apprendre en même temps qu'il enseignait. Mais c'était une part de plus en commun, c'était une joie à partager.

Lorsqu'il rentra, la petite était en train d'examiner une image de saint Joseph qu'elle n'avait pas affichée au mur. Quand sa joie des cadeaux fut passée, ils revinrent à l'image et Karl dit qu'il ne croyait pas en Dieu. La petite parut surprise et demanda :

— Même pas en papier ?

— Même pas.

— Pourtant, il est joli.

Karl reconnut qu'il était beau et la petite laissa éclater son rire de source.

13.

QUELQUES jours coulèrent encore de parfait bonheur dans la maison bien chaude et de longues nuits d'amour sous les couvertures de peau. De temps en temps, ils sortaient chaussés de raquettes que l'Iroquoise avait fabriquées. Karl prenait son arme, et Aldina le conduisait à l'endroit où elle savait que passerait un orignal. La bête tuée, ils la dépeçaient sur place, rapportaient la peau, les bois et ce qu'ils pouvaient tirer de viande sur un petit traîneau. Ils enfermaient la viande dans une soute attenante à la baraque et la laissaient geler. Puis l'Iroquoise s'occupait de la peau tandis que le rouquin tirait sur sa pipe en lisant des magazines qu'il avait remontés de la ville.

De temps en temps, la petite venait regarder par-dessus son épaule et s'extasiait devant les images montrant les rues et les boutiques illuminées de ces cités où demeurait son rêve.

Un matin, le vieux arriva. Il laissa ses raquettes

dehors et entra. Il neigeait. Il secoua sa couverture et son chapeau, puis il alla s'asseoir sur le plot. Cette fois, il n'avait pas demandé à sa fille si elle était heureuse.

Il laissa passer un long moment puis il tira de sa poche un passeport qu'il posa sur la table en disant :

— Regarde !

Karl feuilleta le document qui portait l'identité d'un Suédois admis depuis 1931 à résider au Canada. Comme il allait demander au vieux d'où il le tenait, l'Indien le devança et dit :

— Si tu le veux, c'est cent piastres.

Il leva les bras et l'Indien s'empressa de dire :

— Je sais que tu les as... Et avec ce papier, tu peux aller à la ville.

— A la ville sans argent ?

— Il t'en restera.

— Pas assez.

Ils se regardèrent. Karl sentait bien qu'il finirait par acheter ce passeport, mais il ne voulait pas mettre ce prix-là. Il le repoussa devant le vieil homme et dit :

— Non. Ça m'intéresse pas. Rends-moi mes papiers.

L'autre laissa passer une éternité avant de dire du ton le plus naturel.

— Toi, tu es déjà mort.

Karl bondit.

— Quoi ? T'as foutu mes papiers au feu ?

Malgré lui, il se faisait menaçant, mais l'Indien demeura calme pour répondre :

— Non. Pas au feu.

Et lentement, avec des silences interminables, il expliqua que les bidonvilles regorgeaient d'hommes que la grande dépression avait conduits à la pire des misères. Lorsque la maladie ou le froid en tuait un au cours de la nuit, les autres le sortaient pour le placer sur le trottoir où les services officiels enlevaient les corps et prenaient les papiers.

Karl imagina ses papiers dans la poche d'un cadavre roidi par le gel. Un frisson courut le long de son dos tandis que le vieux répétait :

— Toi, tu es mort... tu es mort.

Karl reprit le document et le feuilleta de nouveau en demandant :

— C'est toi qui l'as pris ?

— Non. Un ami... Tu es mon fils. Moi, je t'aurais pas fait payer.

— Un ami qui sait lire ?

— Oui.

— Et qui sait que je suis allemand ?

— Oui.

Karl hésita longtemps, puis, n'y tenant plus, il finit par demander :

— Tu es certain qu'il l'a bien pris sur un mort ?

Le vieux hocha la tête. Comme l'Allemand insistait pour avoir une réponse, il dit :

— Sois tranquille, il est bien mort... Toi, tu es mon fils. Je veux que tu sois libre.

Il regarda sa fille et ajouta :

— Avec elle... Libre d'aller où tu veux... Avec elle.

Et il sembla au colosse que les yeux du vieux brillaient beaucoup plus que de coutume.

14.

A force de discuter, Karl avait fini par avoir les papiers du Suédois pour cinquante dollars. Il lui en restait cent, plus des peaux à vendre. Il avait obtenu du vieux qu'il lui prêtât un cheval pour Aldina. Ainsi pourraient-ils charger le poney de tout ce qu'ils voulaient emporter. Le vieux les accompagnerait afin de récupérer les trois bêtes à la station où ils comptaient prendre le train pour Toronto.

Car c'était là que l'Iroquoise voulait aller. Elle l'en avait tant et tant supplié, durant des jours et des nuits, qu'il avait fini par céder. Elle avait pleuré en le remerciant. Elle avait dit :

— On ira au cinéma... Et si tu veux pas rester là-bas... si ça ne va pas, la vie là-bas, on reviendra. Je te le jure. On retrouvera la cabane. On reviendra. Et je travaillerai beaucoup pour toi. Beaucoup !

Le matin du départ, tandis qu'elle préparait son coffre et les vêtements qu'ils avaient à emporter,

Karl sortit pour aller donner à manger aux chevaux et les harnacher.

Il faisait un beau ciel clair. Le vent du nord courait fort sur la neige polie comme un marbre.

Karl était heureux pour la joie qu'il allait donner à l'Iroquoise. Il avait jeté l'ancre ici, quelque chose se serrait en lui à l'idée de quitter ce port où la vie tranquille était possible. Il savait que le monde traversait une tempête, il savait qu'une tempête plus terrible encore menaçait, il eût aimé rentrer dans la cabane et remettre des bûches dans le poêle de tôle qui chauffait si bien.

Pourtant, les bêtes prêtes, il n'entra pas. Il cria :

— Aldina, est-ce que tu y es ?

La porte s'ouvrit, et Karl éclata d'un rire énorme. L'Iroquoise était là, méconnaissable. Elle portait son grand chapeau à fleur qu'elle avait attaché sur sa tête à l'aide d'une large lanière de cuir. Sous un manteau de peau qu'elle laissait ouvert sur le devant pour qu'il pût la voir bien, elle avait enfilé une robe blanche serrée à la taille et aux chevilles, pareille à celle de l'image qu'elle aimait tant.

C'était à la fois grotesque et bouleversant. Karl cessa de rire pour demander :

— Mais avec quoi tu as fait ça ?

— Avec la moustiquaire.

— Mais quand l'as-tu faite ?

— La nuit. Pendant que tu dormais.

Il hésita.

— Tu vas pas partir avec ça ?

72

Le visage de la petite fut soudain tellement triste qu'il s'empressa de dire :

— Mais si, tu as raison, ça te va très bien... Seulement, pour monter à cheval, ce sera pas facile, tu sais.

Elle sourit et, s'approchant de la bête, elle s'enleva des deux mains, pivota d'un coup et se trouva assise en amazone, exactement comme si elle eût pratiqué ainsi toute sa vie.

Karl ne put s'empêcher de dire :

— Toi, tu m'étonneras toujours.

Il ferma soigneusement la porte de la cabane, regarda tout autour, puis, enfourchant sa bête il dit :

— C'est bon. Va devant. Le poney te suivra, je reste derrière... Et prends par le bas de la forêt, c'est après la rivière que ton père nous attend.

L'Iroquoise lança :

— Je connais mon pays, tu sais. Bientôt, je vais connaître le tien.

Et la bise qui passait emporta vers la forêt un long chapelet de son rire sonore.

Les bêtes allaient bien sur ce sol gelé où la neige poudreuse courait en longues veines tantôt grises et tantôt lumineuses. Chaque fois que le regard de Karl croisait celui de l'Iroquoise, la petite riait. Parfois elle criait :

— Demain on sera à la ville. On ira au cinéma !

Karl se sentait à la fois infiniment heureux et un peu inquiet. Est-ce que cette sauvageonne n'allait pas au-devant d'une terrible déception !

73

Au fond, ne souhaitait-il pas un peu cette déception pour que ce soit elle qui demande à revenir sur la montagne où il savait à présent que le bonheur était possible?

Ils contournèrent le bois. La bise soufflait moins fort et il vit qu'Aldina enlevait la courroie de cuir qui retenait son chapeau. Il demanda :

— Qu'est-ce que tu fais?

— C'est pour mon père. Quand il aura vu, je la remettrai.

Dès qu'ils eurent débordé une petite avancée où les épinettes se mêlaient aux bouleaux, ils aperçurent la silhouette sombre du vieil homme immobile, de l'autre côté d'un petit pont de rondins qui franchissait un fossé profond. Aldina qui tenait son chapeau d'une main le lâcha en passant le pont pour adresser un signe à son père. La bise, qui devait guetter à la corne du bois, bondit comme une bête sifflante.

Le chapeau à fleur s'envola, et l'Indienne, tendant ses deux mains pour le saisir, leva trop haut ses jambes entravées par sa robe. Basculant en arrière, elle tomba la tête la première au fond du fossé où la glace laissait émerger quelques roches grises.

Il y eut un craquement terrible. Le même que celui qui avait fait taire, une nuit, tout un bar de Boston.

Un craquement que le grand Karl ressentit jusqu'au creux de sa moelle.

Il sauta de cheval et se précipita. Le vieil Indien

74

agile arrivait de l'autre rive et c'est en même temps qu'ils atteignirent la glace où reposait l'Iroquoise tête nue, ses longs cheveux noirs en étoile sur la blancheur, un filet de sang aux commissures des lèvres et ses yeux immenses grands ouverts qui regardaient le ciel.

Calmement, le vieillard dit :

— Morte.

Karl sentit quelque chose se déchirer au fond de lui. Il eut envie de crier qu'il l'avait pressenti, que c'était pour elle qu'il avait accepté ce départ, que le bonheur était là-haut, dans la cabane.

Il eut envie, mais il ne souffla mot. Le vieux dit :

— Aide-moi à la remonter.

Karl la prit dans ses bras. Elle était légère, plus légère que jamais. Il la serra fort.

En haut, ils la placèrent sur la selle, bras et jambes pendants. Ses jambes entravées par sa longue robe blanche.

Le vieux demanda :

— Qu'est-ce que tu vas faire, toi ?

Comme le rouquin était incapable de répondre, il précisa :

— Moi, je vais l'emmener chez nous... Morte, elle est à nous... Tu peux pas venir.

Karl comprit qu'elle ne lui appartenait plus.

— Tu veux retourner là-haut ?

Le colosse sentit monter en lui quelque chose qui tenait à la fois d'un énorme sanglot et d'une terrible envie de rire. Il dit seulement avec un grand effort.

— Seul, là-haut, c'est pas possible.

Et tout de suite, très vite, il ajouta :

— Tu monteras. Tu prendras tout ce qu'il y a. Tiens. Ça aussi, c'est pour toi.

Il donna au vieil homme sa carabine et le sac contenant les cartouches. Il lui donna également la moitié de l'argent, l'argent que l'Iroquoise avait gagné en confectionnant des vestes avec les peaux des bêtes qu'il avait abattues.

L'argent de la ville.

L'argent du cinéma. Du maudit cinéma.

Le vieux prit tout sans rien dire. Il attacha la bride du poney à une courroie du cheval de Karl qu'il enfourcha. Sans un mot, il s'en alla en tirant l'autre bête dont le pas semblait redonner vie au corps cassé en deux de la petite Indienne.

Karl le regarda s'éloigner, puis, tournant le dos à la bise, il se mit à marcher en direction de la ville où passait le train.

Il marchait lentement, comme écrasé par un poids qui n'avait encore ni forme ni couleur et qu'il portait comme ça, sans bien savoir de quoi il s'agissait.

Il marchait.

Et, soudain, il vit quelque chose le dépasser qui volait au ras de la neige en direction des rails, bien plus vite que lui.

Le chapeau à fleur s'en allait. Le beau chapeau de l'Iroquoise.

Alors le colosse barbu, soudain terrassé par ce qui pesait si lourdement sur lui, le géant tueur de flics, le marin perdu au milieu des neiges, se laissa tomber à genoux, et, prenant à deux mains sa tête rousse enfouie dans la fourrure cousue par l'Iroquoise, secoué de sanglots à sa taille, il se mit à pleurer comme jamais il n'avait pleuré, depuis sa petite enfance.

St. Télesphore,
5 juin

Westmount,
27 septembre 1978

La bourrelle

Pour Georges Renoy
avec mon amitié

1.

C'ÉTAIT dans la ville de Québec, en l'an mille sept cent et quelques.

Le mois de mars étirait un hiver figé dans les neiges de la terre et les glaces du grand fleuve.

Au fond d'un cachot où les pierres suaient froid une mauvaise lèpre de salpêtre, Jeanne Beaudion tentait vainement de s'abriter du souffle glacial qui tombait de l'étroit soupirail avec un rais de lumière terne. Emprisonnée depuis trois jours et quatre nuits, elle n'avait dormi que quelques heures, par petits plongeons dans un abîme où surgissaient des monstres aux pattes énormes, déformées et velues, aux visages blêmes. Ils s'avançaient pour l'empoigner, la traîner pieds et poings liés sur la place Basse et lui passer la corde au cou.

Jeanne entendait hurler les gens assemblés pour assister à son supplice, et c'était invariablement le contact du chanvre sur sa peau qui la tirait de son cauchemar. Se dressant alors sur la paille humide rassemblée dans l'angle le plus éloigné du soupirail, elle se passait les mains sur le cou et la nuque, se recroquevillait, empoignait ses jambes et posait son menton sur ses genoux pour attendre l'aube. Cette position était la seule qui lui permît de conserver un semblant de tiédeur où se réfugier. Il lui fallait alors lutter contre le sommeil dont elle était certaine qu'il ramènerait des visions terrifiantes.

Éveillée, la condamnée revivait par le menu les exécutions qu'il lui avait été donné de suivre. Son rêve la trompait sur certains détails. Ce n'était point sur la place que l'on passait le nœud au cou du condamné, mais sans doute à sa sortie de prison, car les trois cordes — et non pas une seule comme dans le cauchemar — étaient sur lui lorsqu'il arrivait, debout entre les ridelles de la charrette.

Durant sa première nuit, à trois reprises, Jeanne avait poussé de longs hurlements de bête. Des cachots voisins, d'autres prisonniers l'avaient injuriée. Le gardien était descendu, portant une torche dont la clarté et l'odeur de résine réchauffaient un moment la nuit.

C'était un pays de Jeanne. Un gros Normand à face rougeaude. Un gars de sa terre. Venu se battre au Nouveau Monde, il avait échoué là après que la flèche d'un sauvage lui eut transpercé le bras gauche. Amputé au ras de l'épaule, il avait appris à exécuter de sa main droite tout ce que l'on exige d'un gardien de prison : porter une torche, faire jouer une clef dans une serrure, passer un chanteau de pain noir, une cruche d'eau et une gamelle de soupe. Il parvenait également à manier la fourche pour porter la paille propre et sortir celle que souillaient les détenus.

Sans se laisser aller à la colère, d'une voix presque suppliante, chaque fois que Jeanne l'avait contraint à intervenir, ce gros-là lui avait dit :

— Tu devrais te taire... Ça vaudrait mieux... A quoi ça nous avancera si tu m'obliges à prendre le fouet...

Car il portait toujours à la manière des charretiers un fouet passé sur la nuque. Mais comme le font ceux qui aiment leurs bêtes, il parlait calmement et évitait de cogner.

Jeanne lui avait demandé s'il pensait vraiment qu'on allait la pendre pour un vol de vêtements.

L'autre s'était mis à rire :

— Te pendre ? Sûr qu'ils le feront un jour... Aussi vrai que je m'appelle Firmin Deniseau... T'as été condamnée, c'est normal qu'on te pende. Sinon, à quoi ça servirait de condamner les gens ? Mais pour te pendre, maudit ! faudrait déjà bien qu'ils trouvent un bourreau. Et ça, c'est pas le plus facile !... A côté, le vieux qui gueulait tant pour te faire taire, voilà pas loin de six mois qu'il attend. Tu l'entends tousser ?... Ben moi, je suis prêt à parier qu'y sera crevé de la poitrine avant qu'on ait trouvé quelqu'un pour le pendre !

Le manchot était reparti, emportant sa torche. Jeanne avait vécu quelques minutes d'espérance, mais, très vite, elle s'était dit que les mois ne sont rien quand on a vingt-deux ans et qu'on veut vivre. Un bourreau, le gouverneur finirait bien par en trouver un !

Jeanne était consciente de sa beauté. Depuis l'âge de quinze ans, elle savait ce que l'on peut obtenir des hommes lorsqu'on s'y prend adroitement. Mais, à toutes ses avances, le gros Normand avait répondu calmement :

— J'aimerais ça, maudit !... mais ça me reviendrait trop cher.

Jeanne s'était convaincue très vite qu'elle n'avait rien à attendre de cet homme trop raisonnable.

Devant ses juges, elle avait tout fait pour user de son charme. Un moment, parce que ces hommes la contemplaient avec des regards d'envie, elle avait nourri un vague espoir, mais ils étaient trois et chacun se méfiait de l'autre. Chacun voulait paraître insensible à la beauté et à la jeunesse d'une garce. Chacun voulait être le meilleur au sens où l'entend la justice. Et c'est ainsi que la malheureuse s'était entendu condamner à la potence pour avoir dérobé deux robes et des mitaines aux bourgeois dont elle lavait les chemises brodées.

A vingt-deux ans, elle allait crever au bout d'une corde, et pourtant, c'était une certitude : tous les hommes de Québec la désiraient.

Il y avait là quelque chose qui la révoltait. Considérant que seuls devraient être pendables les filles laides et les vieillards, Jeanne se laissait aller à passer en revue la population de la cité. Éliminant les gens que leur physique n'eût point préservé de la corde, elle finissait par se retrouver en un univers où seuls quelques miséreux d'une grande laideur avaient été épargnés. Ils servaient une demi-douzaine de jolies filles comme elle et autant de soldats beaux comme des dieux. Cette vision lui échauffait le sang. Elle s'y laissait aller, puis, saisie de peur à l'idée que son âme se perdait, Jeanne s'agenouillait pour implorer le pardon de la Vierge Marie.

Un matin que Firmin apportait de la paille à peu près sèche, il s'attarda pour bavarder un peu. Il dit :

— Tu sais, les bourreaux, c'est la misère pour en dénicher un. Depuis que le nègre qu'ils avaient acheté à la Martinique est mort, plus personne ne veut de cette foutue charge-là.

— Et s'ils font venir un autre nègre ?

— Tu rigoles ! Ça coûte trop cher... Et puis, ça prend des années. Faut écrire au roi. Faut attendre la réponse. Même si les vents sont bons et que les bateaux ne sont pas attaqués, t'en as déjà pour plus d'un an. Ensuite, faut écrire au gouverneur de la Martinique. Faut qu'il cherche un nègre, qu'il l'achète, qu'il l'expédie... Celui qu'ils avaient fait venir, le Mathieu Léveillé, je l'ai bien connu, tu sais. Il était tellement malade à cause du froid qu'il a jamais pu pendre personne... Toujours à l'hôpital. Ils lui ont même acheté une négresse parce qu'il se mourait d'ennui. Mais quand elle est arrivée, c'était trop tard. Elle a juste pu le regarder s'en aller. Et à présent, paraît que le gouverneur cherche à revendre la négresse avant qu'elle soit gelée !

Il se mit à rire. Jeanne connaissait l'histoire de cet exécuteur noir qui n'avait jamais été en mesure de remplir ses fonctions, mais elle était heureuse de l'entendre. Les déboires du gouverneur en quête d'un bourreau lui mettaient du baume sur le cœur.

Cependant, sachant que l'on recrutait souvent les exécuteurs parmi les condamnés, elle demanda :

— Et les autres, à côté, tu crois pas que pour être graciés...

Firmin se remit à rire.

— Le vieux qui crache sa poitrine, il a bien demandé, mais ils ont refusé. Y tient plus sur ses pattes. Y pèsera pas lourd au bout de la corde, mais on voit pas comment y pourrait s'y prendre pour te faire monter l'échelle.

— Saloperie ! ragea la jeune femme, ça me ferait mal d'être pendue par cette crevure !

— Tu risques rien de ce côté-là. Et les autres, y sont pas condamnés à mort, alors, ça les intéresse pas. Y préfèrent finir leur peine... Moi, j'aurais eu mes deux bras, peut-être que j'aurais pris la charge. C'est bien payé. Remarque, pendre les gens, c'est pas ce qui me ferait le plus peur. J'en ai vu. C'est vite raclé... Mais la question, et le fouet, et la roue et tout ça, je peux pas dire que ça me plairait tellement. C'est pas d' la besogne de chrétien, ça !

Parce qu'elle se voyait à la place des victimes, Jeanne s'emporta. Elle traita le manchot de brute pourrie. Étonné beaucoup plus que fâché, le gros Normand répliqua :

— Toi, t'es tout de même une drôle de créature,

j' viens te faire passer un moment, pour me remercier, tu m'engueules. T'as des sacrées manières. Si c'est comme ça, j' viendrai plus te faire la jasette !

Il revint pourtant. Il parla de la ville, de ce qui se passait par-delà ces murs humides.

Que Firmin évoquât Québec ou le Vieux Monde, qu'il fût souriant ou grincheux n'avait pas d'importance, l'essentiel était qu'il fût là et que sa voix éloignât un peu la vision obsédante des monstres manieurs de verges, de brodequins, de carcans et de cordes.

A cause de cet accent qui fleurait bon la Normandie, Jeanne se sentait moins seule et moins vulnérable. Elle retrouvait en cet homme un peu de ce qu'elle avait abandonné trois années plus tôt, pour s'en venir sur cette terre de Nouvelle-France. Tandis qu'elle l'écoutait, il lui semblait parfois qu'elle échappait à cette prison et à ce pays d'hiver où, venue chercher l'aventure et une vie nouvelle, elle avait déjà rencontré la mort.

Il coula ainsi une longue semaine. En dehors des moments où le manchot pouvait venir bavarder avec elle, en dehors de l'obscurité interminable des nuits que peuplaient toujours les mêmes frayeurs et les mêmes angoisses, Jeanne demeurait à contempler les dalles luisantes du couloir par-delà lequel se trouvait un cachot pareil au sien, avec la même grille et le même soupirail d'où la même lumière glaciale tombait sur un peu de paille pourrissante.

Nul prisonnier n'habitait là, et Jeanne se demandait parfois s'il viendrait quelqu'un, si ce quelqu'un serait un débris crachotant, une autre fille ou un beau soldat assez fort pour arracher les barreaux, assommer le manchot, venir la délivrer et s'enfuir avec elle.

La prisonnière pensa au soldat avec tant d'intensité, que le soldat finit par arriver.

Il était petit, chétif, et plutôt que de l'imaginer tordant le fer des grilles, on l'eût aisément vu disparaître en se coulant par l'étroit soupirail. Il avait le visage dévoré d'une barbe poivre et sel, un nez en lame de serpette et de minuscules yeux gris au regard un peu vide. Il s'appelait Marcel Guillardon. Âgé de vingt-huit ans, il venait d'être condamné à douze mois de cachot pour s'être battu en duel avec un militaire d'une autre compagnie. Jeanne lui demanda si son adversaire était mort. D'une voix qui grésillait curieusement, le nouveau venu répondit :

— Pas du tout. Je l'ai juste blessé un tout petit peu au doigt. Trois gouttes de sang. Assez pour que l'honneur soit sauf. Mais lui, pas si con, il a foutu le camp !

— Où donc ?

— Va savoir !

— Mais où peut-on partir dans ce maudit pays de neige avec des sauvages partout ?

— Celui qui connaît un coureur de bois, il peut toujours aller. Il chassera. Il trafiquera les peaux. C'est sûrement ce que cet animal va faire.

Le maigrelet soupira :

— Si j'avais su, je me serais tiré aussi... Un an ici, ça va pas être un cadeau !

Cette nuit-là, Jeanne dormit davantage. Une heure. Peut-être deux. Un rêve la tira de son sommeil, mais un rêve sans corde ni potence. Un rêve où elle se voyait partant avec le soldat devenu coureur de bois.

Elle eût aimé se rendormir et retrouver sa route de liberté, mais le froid plus intense que de coutume l'en empêcha. Il lui semblait que la nuit était habitée. Une présence pesait. Tendant l'oreille, elle finit par comprendre qu'il pleuvait sur la neige de la cour. S'étant levée, elle alla sous le larmier; passant sa main sur les pierres, elle y sentit ruisseler l'eau glacée. Revenue à sa paille, elle s'efforça de retrouver les éléments de son rêve et, parce que sa soif de vivre dominait sa peur de mourir, elle se prit à imaginer cette fuite vers les prairies et les forêts.

Elle avait rencontré, depuis son arrivée à Québec, quelques-uns de ces hommes d'aventure qui s'en allaient chasser et trapper, qui vendaient des fourrures et pratiquaient le troc avec les Indiens. Pour une nuit avec elle, certains avaient donné plus que les riches de la ville. Si l'un de ces gaillards eût été prévenu de sa présence ici...

Elle s'en fut ainsi, jusqu'aux premières lueurs d'un jour sale et mouillé. En face, sous l'autre soupirail, le soldat Guillardon dormait, roulé dans sa longue cape, couché sur le côté et les genoux ramenés à hauteur de la poitrine. La voleuse de vêtements eut un profond soupir. Ce n'était pas avec celui-là que son rêve d'évasion se réaliserait. Elle se pelotonna dans son coin. Le silence se fit en elle. Le murmure velouté de la pluie sur la neige détrempée la pénétra d'un froid pareil à celui des tombeaux.

Quelques jours s'étirèrent encore durant lesquels la condamnée à mort passa le plus clair de son temps à s'entretenir avec le soldat. Au début, elle parla comme elle l'avait fait avec le manchot, dans le seul but de tuer les heures en oubliant que chaque instant qui mourait la rapprochait d'une mort qu'elle ne parvenait pas à accepter mais dont elle sentait sans cesse le souffle froid sur sa nuque et son dos.

Puis, au fil du temps, elle comprit que le soldat n'était pas le premier venu. Fils d'un régisseur de domaine, il savait lire et écrire, il connaissait la terre et les bois. Il ne s'était enrôlé que par goût des armes et parce qu'on lui avait laissé entendre que la Nouvelle-France offrait des possibilités d'établissement facile sur d'excellentes terres vierges.

Jeanne connaissait assez les hommes pour deviner que Marcel Guillardon avait envie d'elle. Elle savait aussi ce qui peut aider un être ambitieux dans la réalisation de ses projets.

La terre, elle l'avait travaillée en Normandie et pouvait en parler. Le labour, les bêtes, le bois lui étaient familiers. Évoquer tout cela présentait

92

l'avantage de faire pénétrer jusqu'en ces lieux mal éclairés un grand vent de lumière parfois douloureux mais tout de même réconfortant.

Il ne fallait rien brusquer.

Jeanne ignorait de quelle manière elle s'y prendrait, mais son instinct lui soufflait que ce soldat avait été enfermé là par la main de la providence. A plusieurs reprises, il laissa échapper :

— Toi, si y avait pas ces grilles, je te ferais plaisir avant que ces salauds-là s'en viennent te chercher.

— Je me laisserais pas faire, disait la fille qui n'en pensait pas un mot. Je voudrais pas perdre mon âme.

— Maudit ! si je t'avais connue plus tôt, tu serais pas là, je te le dis. Et moi non plus. Parce que ce duel, c'était à propos d'une traînée qui n'en méritait pas tant.

— Sûr que si on pouvait se retrouver dehors tous les deux...

La fille n'en dit jamais davantage, mais, le soir, lorsque le manchot s'en vint accomplir sa dernière ronde et qu'elle entendit le soldat lui parler à voix basse, elle sentit le gibier bien accroché. Au début, elle avait pensé que l'essentiel serait de s'en aller avec lui le plus loin possible. Ensuite, on verrait bien. A présent, il lui arrivait d'imaginer un lot de terre, une maison de bois et une vie tranquille. Ce n'était guère ce qu'elle souhaitait en quittant sa Normandie, mais à présent, la plus terne, la plus laborieuse des existences lui semblait un paradis de lumière.

Deux jours plus tard, ce fut du manchot que vint l'espérance. Vers le milieu de la journée, il apporta de la paille sèche. Jetant une javelle dans le cachot de Jeanne et sortant à fourchées ce qui n'était plus que fumier puant, il demanda :

— Sais-tu que si le maître des hautes œuvres demande à épouser une condamnée, on la gracie aussitôt ?

— Quoi, le bourreau ?

— Oui. Je l'avais entendu dire. Je me suis renseigné. C'est la vérité.

Jeanne se demandait si le rougeaud n'était pas en train de se moquer d'elle. Ils demeurèrent un moment silencieux. La fille collée le dos au mur glacé, le geôlier cramponné de sa patte énorme au manche de son outil.

— Et alors ? demanda-t-elle. Tu voudrais devenir bourreau ?

Il fut tout secoué d'un gros rire.

— Toi alors, fit-il, tu as vite arrangé les choses !

Il réfléchit un moment, observa Jeanne comme s'il la voyait pour la première fois.

— Remarque bien, si j'avais mes deux mains, je dis pas que j'essaierais pas.

Il s'avança d'un pas, lança un regard en direction du cachot d'en face et grogna :

— Mais lui, il a ses deux bras... En plus, il est soldat... Lui, y pourrait facilement...

Le manchot se tut, mais Jeanne savait qu'il avait quelque chose à ajouter. Elle attendit un instant, puis demanda :

— Tu crois qu'il le ferait ?

— Je ne crois pas. J'en suis certain... Il t'a dans la peau. Ça se voit gros comme un château... L'autre soir, y m'a proposé des sous pour que je le laisse venir vers toi.

— Et si je te le demandais, tu le laisserais venir ?

L'autre ne répondit pas. Il avait fiché sa torche vers l'entrée du couloir, et, comme le jour finissait de décliner, l'obscurité s'épaississait dans le cachot. Jeanne sentit qu'il s'approchait. Elle mit sa main en avant et la poitrine molle du gros s'y appuya.

— Si je sors d'ici, souffla-t-elle, que ce soit avec n'importe qui, tu auras ce que tu voudras.

— C'est juré ?

Elle cracha et dit :

— C'est juré... sur ma vie si tu m'aides à la sauver.

Comme le gardien sortait, le soldat grogna :

— Tu y as mis le temps, sacrédié ! Qu'est-ce que tu lui veux donc, à ta payse, gros cochon ?

— Tais-toi, dit le manchot. Ne jure pas. Ne blasphème pas. Tu sais que le gouverneur ne plaisante pas avec ça !

Il ouvrit la grille et Jeanne perçut un murmure de voix qui dura longtemps. Puis le gardien s'en alla et, lorsqu'il eut repris sa torche et refermé la

95

lourde porte de bois cloutée et armée d'énormes ferrures, le silence se fit. Jeanne était contre la grille. Ses mains crispées s'accrochaient aux barreaux. A ce moment-là seulement, elle se rendit compte que son front était couvert de sueur. Dans le mouvement qu'elle fit pour s'éponger d'un revers de manche, les boutons de sa capuche heurtèrent le métal qui sonna clair. Comme s'il eût attendu ce signal, le soldat murmura :

— Dis rien... Je viens.

Un long frisson courut sur le dos de Jeanne dont le ventre soudain fut traversé d'une jouissance qui confinait à la douleur. Elle retint un gémissement.

La porte du cachot d'en face grinça légèrement et le soldat toussa très fort en s'avançant. L'obscurité était totale, mais Jeanne le sentit approcher. Bientôt, son odeur forte d'homme fut perceptible puis son souffle.

Il dut marquer une hésitation. Enfin, sa main chercha et trouva le bras de Jeanne dont le ventre fut parcouru de tiraillements agréables.

— T'as payé ? demanda-t-elle.

— Oui.

— Combien ?

— Ça te regarde pas. T'inquiète pas, des sous, j'en ai de côté.

La main de l'homme passa du bras à l'épaule, se retira pour franchir un barreau et chercha les seins. Jeanne empoigna cette main fébrile et se retira en disant :

— Touche pas... Je vais mourir. Je veux pas me vouer au feu éternel.

— Laisse-moi toucher.

— Non !

Il tenta de la saisir pour l'attirer contre la grille, mais elle se tenait sur ses gardes. Il y eut un temps où elle demeura éloignée. C'était elle qui tenait le poignet de l'homme. Sous son pouce, elle sentait battre le sang et rouler les tendons. Son corps était appelé vers cet homme qu'elle eût aimé attirer à elle. Dévêtir. Prendre presque de force.

Le froid et la peur, durant ces jours de cachot, avaient calmé en elle une fièvre d'amour qui la tenait depuis des années. Et soudain, plus violente que jamais, cette insolente se réveillait !

Jeanne dut faire un gros effort pour se contenir. Le poisson avait mordu, ce n'était pas le moment de l'effrayer.

— Moi, dit-elle, c'est pas comme le manchot : on me paye pas.

— Si t'étais certaine de ne pas être pendue, tu te laisserais toucher ?

Elle retint un ricanement.

— Certaine ? et comment ça ?

— Est-ce que tu sais que je peux te faire gracier ?

— Je le sais, oui. Mais t'auras pas assez de courage.

Il hésita. Elle l'entendit soupirer avant de demander :

— Est-ce que tu m'épouserais ?

— Je t'épouserais... Et je te jure que t'aurais pas

97

à le regretter... Pas plus pour la besogne que pour le reste.

— Mon Dieu, fit-il dans un souffle, t'es la plus belle fille de Québec...

— Crois-tu que tu m'aimes assez pour faire ça ?

— Toi, là, j' t'aime assez. Certain ! J' suis tanné de t'aimer de même !

Elle s'approcha de la grille et le laissa embrasser sa bouche sans lui permettre de toucher ni à ses seins ni à ses fesses. Il y eut bataille de leurs mains qui étaient quatre bêtes affolées dans cette nuit épaisse où sonnait parfois le métal des grilles.

Jeanne savait assez bien embrasser pour qu'un homme se trouvât pris au piège.

Lorsque le soldat la quitta pour regagner sans bruit son cachot, elle avait la certitude qu'il ferait tout pour la sauver. Elle savait qu'elle serait sauvée. Elle en était à tel point persuadée qu'elle dormit d'une traite jusqu'à l'heure où le manchot s'en vint donner la soupe et un tour de clef au cachot du soldat.

2.

Parce que le soldat savait écrire et qu'il était de bonne famille, parce que le gouverneur avait grande hâte de trouver un exécuteur de haute justice, tout alla en moins de deux semaines.

Une demande parfaitement rédigée par Marcel Guillardon, une visite de deux magistrats et d'un chirurgien venus s'assurer qu'il n'était ni fou ni atteint d'une grave maladie, quatre jours encore à attendre, puis le prisonnier était parti un matin, jurant à Jeanne Beaudion qu'il n'accepterait de commencer sa besogne qu'après l'avoir épousée.

Par les bons offices du manchot, la prisonnière était informée de ce que son futur époux ne l'oubliait pas.

Chaque soir, le gardien rapportait ce que Marcel avait dit. En fait, il répétait quotidiennement le même propos :

— T'inquiète pas. Il a formulé ses conditions. Faut que le gouverneur décide. Mais comme il faut un bourreau et que personne veut de la charge, y sera bien obligé d'accepter.

— T'es certain que la loi dit comme ça ?

— Certain ! C'est juré !... Allons, sois gentille. Si je lui avais pas dit qu'au gros de l'hiver, les prisonniers meurent de froid, y se serait peut-être pas décidé. Allez. A présent ou plus tard...

— Non. Quand je serai sortie.

— Mais puisque t'es sûre de sortir. Ce serait plus facile ici ! On est que les deux...

Il se faisait entreprenant et Jeanne, à plusieurs reprises, dut menacer de crier à la garde. Elle avait trop besoin de lui pour céder. Elle donnait quelques baisers, acceptait qu'il la touchât un peu, juste ce qu'il fallait pour qu'il crevât du désir d'aller plus avant et eût autant qu'elle envie de la voir libérée.

Sans doute Marcel Guillardon le souhaitait-il lui aussi, car il sut faire ce qu'il fallait pour que sa demande ne demeurât pas en instance. Ayant reçu la visite d'un magistrat et d'un greffier, s'étant déclarée prête à épouser le nommé Guillardon Marcel exécuteur des hautes œuvres et à partager son existence, Jeanne Beaudion quitta la prison au moment où le Saint-Laurent commençait le lent balancement de ses glaces en débâcle. Les nuits étaient encore froides, mais les journées devenaient tièdes et lumineuses. Pour Jeanne, après tant de semaines passées au fond de ce trou obscur, ce fut un éblouissement douloureux dans le début, puis d'un extrême agrément. La seule brûlure du soleil sur sa peau méritait cent fois ce qu'elle avait promis pour obtenir sa liberté.

Tout ce qu'elle regardait depuis sa sortie de prison semblait appartenir vraiment à un monde enchanté. Elle qui n'avait jamais observé le ciel autrement que pour y lire les menaces d'orage et les espérances de soleil à l'époque des moissons, elle qui ne s'était jamais attardée dans la contemplation de ce qui l'environnait, passait des heures en extase devant le fleuve qui emportait l'hiver. Les banquises énormes semblaient ne jamais vouloir s'en aller tout à fait. Le courant avait beau les porter vers l'aval, inlassablement, les marées les prenaient pour les refouler vers l'amont. Le Saint-Laurent était l'allié du printemps, l'océan au contraire semblait avoir conclu un pacte avec l'hiver.

Pour Jeanne, cependant, il ne faisait aucun doute que la belle saison était là. Elle en éprouvait tout le remuement fécond jusqu'au fond de ses entrailles. A la chaleur du ciel qui enveloppait son corps, répondait l'écho brûlant du feu qui l'habitait. Si la liberté lui avait été rendue, c'était pour qu'elle pût se donner totalement à la vie.

Jeanne la Normande plus que jamais se sentait née pour l'amour, et pas plus les promesses faites au manchot que l'engagement contracté à l'égard de Marcel n'étaient désagréables à tenir.

Elle allait rendre visite au gros dans une espèce de baraque étroite et croulante adossée à la prison et qui n'était ni plus saine ni plus propre que les cachots. Pour s'y rendre, elle devait user de ruse. Longer les murs et se cacher, car les mauvaises langues n'étaient pas ce qui manquait le plus à ce quartier. Souvent, elle était obligée d'attendre longtemps son amant qui devait, lui aussi, prendre mille précautions. Lorsqu'il arrivait, il commençait toujours par demander d'une voix qui tremblait :

— T'es certaine que personne t'a suivie ?

— Certaine.

— Ton homme, y se doute de rien ?

— Tu parles, il m'en donne assez pour croire que je n'irai pas en chercher ailleurs. Mais toi, t'es un foutu trouillard. Faut vraiment que tu sois pas capable de caser ton morceau quelque part pour prendre pareil risque. T'en crèves d'envie, hein ?

Elle aussi prenait beaucoup de plaisir avec le manchot. Elle eût été bien en peine de dire pourquoi, mais il lui semblait parfois que c'était un peu de son passé qu'elle s'en venait chercher auprès de cet être pareil en bien des points aux premiers hommes qui l'avaient renversée à l'ombre des haies épineuses de sa terre natale.

Avec Marcel devenu son époux, elle habitait la maison qu'on appelait la « Redoute au Bourreau » et qui se trouvait en un lieu à peu près désert, situé entre le palais de l'intendant et les murs d'enceinte de la ville. Personne jamais n'approchait cette demeure sans y être contraint et, dès que Jeanne fut connue pour être l'épouse de l'exécuteur, elle dut se résigner à vivre dans un total isolement. Dans les rues, des enfants et même parfois des adultes l'insultaient ou lui lançaient des pierres. Chez le boulanger, elle apprit à ne jamais toucher les pains. Elle devait prendre la miche qui lui était réservée et qu'on plaçait à l'écart des autres, renversée et fichée d'une cocarde rouge qu'elle retirait pour la rendre à la boulangère en même temps qu'elle payait.

— Écartez-vous de la bourrelle, criaient parfois les gens qui la voyaient venir. Et tout le monde d'accomplir alors de grands détours pour l'éviter.

Le gouverneur avait bien fait placarder l'arrêt qui interdisait au peuple d'insulter le maître des hautes œuvres et les siens, les Québécois s'en moquaient comme d'un gel de janvier.

Jeanne se mit à sortir le moins possible. Heureusement, elle savait pétrir et n'était nullement embarrassée pour cuire son pain.

Marcel était très amoureux, mais le métier qu'il s'était engagé à pratiquer et cette existence de réprouvé eurent vite raison de sa belle humeur. Son ardeur ne diminua guère, mais se métamorphosa. Il devint dur dans l'amour comme dans tous ses rapports avec son épouse. Il ne lui reprochait pas encore de l'avoir conduit jusque-là, mais Jeanne sentait bien que le jour viendrait vite où la haine s'installerait entre eux, leur rendant l'existence encore plus pénible. De temps à autre déjà, Marcel grognait :

— Un an de prison, c'était pas le diable... Ça, c'est pour le restant de mes jours, que je l'ai sur le dos... Et toi, tu as la belle vie... T'as personne à pendre ! Personne à torturer !

Il se mit à raconter ses journées. Au début, ce qu'il disait des supplices piquait la curiosité de

103

Jeanne, mais, bientôt, elle sentit qu'il parlait uniquement avec l'espoir de se décharger sur elle de ce
qui l'écrasait. Alors, parce qu'elle avait un fond de
brave fille généreuse, elle se mit à souffrir des
mêmes tourments que lui. Elle lui en voulait de ce
qu'il semblait prendre plaisir à lui imposer ces
récits atroces. Elle se demandait s'il n'exagérait
pas.

— Les brodequins, disait-il, je voudrais que tu
puisses voir ça une seule fois. Des planches. Le bois
le plus dur. Je leur emprisonne les jambes dedans et
j'enfonce des coins à la masse. « Seigneur mon Dieu
faites-moi mourir ! » qu'ils crient. On dirait que les
yeux vont leur sortir de la tête. La sueur leur coule
que tu croirais des ruisseaux. Il y en a qui font sous
eux. La pisse et le reste... Et d'autres qui vomissent.

Il arrivait que Marcel se mît à crier, en racontant
cela. Il se frappait la poitrine et s'accusait des pires
maux.

— Je suis maudit, hurlait-il. Je te dis que je me
prépare les feux de l'enfer... Toutes les malédictions
du ciel sont sur nous... sur toi et sur moi !

Il avait pendu le vieux qui crachait ses bronches.
Il en parla :

— L'était tellement léger, le malheureux, que
son poids pouvait pas suffire à le faire mourir. J'ai
été obligé de l'empoigner par les jambes et de me
suspendre après lui. Je le sentais dans mes bras
aussi bien que je te sens quand on est au lit. Vrai de
vrai. Y remuait tout. Même ses os se gonflaient... Y
m'a pissé dessus.

— Tais-toi, hurla Jeanne... Je veux plus t'entendre !... Je veux plus !

— Dis donc, tout ça, c'est à cause de qui, que je le fais ? Hein ? A cause de qui ?... Si je pendais pas les gens, c'est toi qui aurais fini par te retrouver au bout d'une corde. Mais je le ferai pas longtemps... Je sais pas ce qui arrivera, mais je le ferai pas des années. Tu peux me croire !

Jeanne était inquiète. Elle non plus ne savait pas ce que décideraient le gouverneur et les juges si son époux abandonnait sa charge d'exécuteur. La peur de la prison et de la corde la taraudait à tel point qu'elle se mit très vite à détester Marcel dont il lui semblait que, désormais, ne pouvait plus lui venir que le mal.

Elle le détestait sans cesser de l'aimer d'une certaine manière. Dans le lit, il lui donnait sans doute davantage que n'importe quel homme. Il lui arrivait de se demander si cela ne tenait pas au fait que Marcel exerçait ce métier, mais elle repoussait cette idée qui lui paraissait extrêmement dangereuse. Il y avait là comme une odeur de soufre et de fagot, ou tout au moins de péché mortel.

Un jour, elle demanda au manchot si la loi prévoyait un châtiment pour une prisonnière qui, ayant épousé le bourreau, cesserait de vivre avec lui. Le gros Normand la regarda d'un air complètement ahuri. Elle précisa :

— Oui, admettons que je le laisse. Que je parte et qu'on me reprenne, qu'est-ce qu'on me ferait ?

L'autre ne semblait toujours pas comprendre.

— Mais comment voudrais-tu t'en aller ? Et où donc irais-tu bien ?

Là, elle hésita. Ce qu'elle avait à dire n'était pas facile. Il fallait qu'elle eût une confiance totale en ce lourdaud pour se confier ainsi.

— Des marins, fit-elle, il y en a qui demanderaient peut-être pas mieux que de se mettre bien avec moi. Ils pourraient me faire embarquer sur un navire qui rentre chez nous.

Le gros mit un bon moment à comprendre. Puis, ayant sans doute retourné plusieurs fois dans son crâne les propos de sa payse, il eut un rire aigre pour grogner :

— T'es une belle pute. Tu t'enverrais facilement une bordée entière durant toute la traversée pour retourner là d'où tu viens.

— Sûr que ça me gênerait pas.

— Tout de même, c'est quelque chose !

Il paraissait ne pas comprendre, et la jeune femme haussa les épaules en lançant :

— T'es vraiment borné. Ça te choque pas qu'un homme accepte de torturer et de trucider ses pareils pour sauver sa peau, mais que moi, j'essaie de sauver la mienne en me faisant baiser, ça te paraît monstrueux.

Comme il s'apprêtait à répondre, elle le devança en ajoutant :

— Tu vas quand même pas me parler de mon âme. Est-ce que tu penses à la tienne quand tu couches avec moi ?

Le manchot se tut. Il n'était pas de taille.

Plusieurs jours passèrent, puis, un matin qu'elle se trouvait de nouveau dans la cabane du geôlier où elle retrouvait la puanteur des cachots et la peur de la prison, le manchot lui dit :

— Tout de même, je suis foutument bête de t'aider à partir. J' vas me retrouver sans rien à baiser si tu t'en vas... J' suis bête. Certain !

Jeanne sentit tout son sang lui monter au visage tant son espoir de fuite la tenaillait depuis quelques jours.

— Tu m'as trouvé quelqu'un ?

— J' suis bête, fit-il encore. C'est sûr.

Il l'observa un moment en hochant la tête, puis, lui pétrissant la poitrine de sa grosse patte velue comme s'il eût espéré garder plus vif le souvenir de leurs étreintes, il dit :

— Un gars de Bretagne... Je l'ai vu à la taverne... Y viendra ici demain soir juste à la nuit. T'as qu'à t'arranger pour être là.

Un profond soupir souleva encore sa poitrine tandis qu'il ajoutait :

— Je suis le roi des cons. Mais je te vois tellement prête à faire des âneries qui te coûteraient ta peau... Celui qui m'aurait dit !...

Jeanne fut exacte au rendez-vous. Elle entra dans la bâtisse obscure et referma la porte derrière elle. Le matelot était-il déjà là ? Allait-il se jeter sur elle comme un fauve et la prendre sans un mot ? Elle avait à la fois peur et envie de cette brutalité.

Rien... l'obscurité.

Le silence huileux, englué dans l'odeur forte de cet antre.

Jeanne attendit un peu, laissant son souffle et son sang reprendre un rythme moins saccadé. Le bois de la baraque craquait à intervalle presque régulier. Le vent était un gros insecte niché entre la toiture et les rondins des murs. La bourrelle qui connaissait parfaitement les lieux avança de trois pas et sentit contre son genou le rebord de la couchette de branchage recouverte d'une vieille couette crasseuse. Elle hésita encore et finit par s'asseoir.

Soudain, en même temps que le froid l'enveloppait, une sensation de vide la pénétrait. Il semblait que seul le malheur pût naître d'un pareil moment. N'avait-elle pas rêvé ? Est-ce qu'elle ne se trouvait pas encore dans son cachot ? Elle tâta de la main le tissu lustré de la couette pour s'assurer qu'elle n'était plus sur la paille.

Il y eut encore un moment de vide, puis des pas et des voix dont le passage emplit l'espace autour de la cabane. Et si le manchot lui avait tendu un piège ? Si une patrouille d'hommes d'armes venait la cueillir là pour la livrer à la torture et lui arracher l'aveu de son projet de fuite ?

Mais qui donc lui appliquerait la question ? Pas son homme tout de même ! Non, le manchot ne commettrait jamais pareille chose. Il la connaissait assez pour savoir ce qu'elle était capable de faire et de dire.

Soudain, elle sursauta. Pour l'avoir tant entendu

en prison, elle venait de reconnaître le pas du geôlier... Il était seul. Aucune question ne lui vint. Pas un instant elle ne pensa que le matelot avait pu différer sa visite. Dès qu'elle eut perçu le sabotis du Normand, elle eut l'absolue certitude que nulle espérance ne subsistait. Tout venait de s'écrouler et Jeanne dut se crisper pour refouler un énorme sanglot.

D'un coup, elle se retrouvait pareille à une enfant.

Elle était là, figée dans ce pays glacial, comme maçonnée à sa condition de bourrelle dont elle ne pourrait jamais s'évader.

Le manchot entra et dirigea tout de suite vers la couchette la lueur de sa lanterne. Éblouie, Jeanne leva la main devant ses yeux. La voix étranglée, elle souffla :

— Alors ?

Ayant posé sa lumière sur le sol de terre battue où luisaient des cailloux usés, il vint s'asseoir à côté de la bourrelle et dit :

— T'as pas de chance. Leur bateau est parti avec la marée de midi. Ils avaient hiverné, tu comprends, alors, dès qu'ils ont pu...

Sans colère, elle grogna :

— Salaud.

— J'y suis pour rien. Même lui, il le savait pas quand il m'a parlé.

— Tu m'as fait venir, et il est parti...

— Il en viendra d'autres... Les bateaux, tu sais, y peut en arriver dès que les glaces seront finies.

La gorge de plus en plus serrée, elle put à peine murmurer :

— Foutu... C'est foutu...

Elle se leva. Comme il tentait de la retenir, elle lui prit le poignet qu'elle laboura de ses ongles en sifflant :

— Laisse-moi... Laisse-moi.

— Tu peux bien rester un moment.

Il avait lâché la cape et se penchait pour examiner l'intérieur de son poignet à la lueur de la lanterne. Jeanne vit perler trois gouttes de sang.

— T'es tout de même une belle vache, dit-il calmement avant de porter les écorchures à sa bouche.

Sans hâte, Jeanne sortit et se retrouva seule dans la noirceur.

En dessous de la ville, le fleuve se devinait, seule source de clarté dans cette nuit d'encre qui semblait tirer du nord un vent froid pareil aux manteaux de l'hiver.

Un soir, le bourreau rentra beaucoup plus abattu que de coutume. Il raconta qu'il avait passé toute sa matinée à chercher en vain un homme qui voulût bien lui louer une voiture et un cheval pour le transport d'une voleuse de pain qui devait être interrogée.

— Je me suis fait insulter partout. Comme on trouvait pas, le juge m'a dit d'appliquer la question sur place. J'avais rien. Pas de matériel. Ils m'ont ordonné de lui passer deux bouts de ligne aux poignets. Ensuite, je l'ai fait monter sur une chaise et j'ai fixé les bouts à une poutre. Après ça, j'ai retiré la chaise... Pendant qu'elle était pendue de la sorte, il a fallu que je lui brûle les mains et les pieds à la chandelle. Presque une heure, ça a duré. Quand ils m'ont ordonné de la descendre, elle était en plein délire. Ses poignets se trouvaient entamés jusqu'à l'os.

Il se laissa tomber sur un banc. Posant ses coudes sur la table, il prit sa tête à deux mains et demeura un long moment sans un geste, sans un mot, avec seulement sa respiration un peu saccadée qui retrouvait petit à petit un rythme plus régulier.

Jeanne n'osait rien dire. Elle le savait capable de colère.

Un soir de la semaine précédente, alors qu'elle lui reprochait son manque de courage, il l'avait giflée à toute volée. Elle n'avait pas bronché, mais quelque chose était entré en elle avec ce claquement sonore, quelque chose qui la conduisait à regarder Marcel avec une espèce de rage où le désir de se donner et celui de faire souffrir se confondaient. Le voir ainsi prostré l'agaçait. Elle eût aimé lui crier qu'il n'avait qu'à se secouer un peu et accomplir cette besogne comme autrefois son métier de soldat ou plus loin encore le labour de ses terres, mais elle redoutait sa colère. Non point les coups — elle en avait reçu bien d'autres durant son enfance — mais seulement qu'il la jetât dehors. Car toute la ville lui était hostile. Elle le savait. Les gens de Québec abhorraient le bourreau. Ils étaient

111

toujours prêts à plaindre ses victimes. Il arrivait même qu'ils fassent tout pour faciliter l'évasion de condamnés, mais, par un cheminement de l'esprit dont les méandres lui semblaient se perdre dans le brouillard, ces mêmes gens refusaient d'admettre qu'elle eût échappé au supplice en épousant l'exécuteur des hautes œuvres. Par moments, elle éprouvait le sentiment que les femmes nourrissaient à son endroit une certaine jalousie et que les hommes eussent aimé l'avoir à leur merci pour la torturer. Les Québécois devaient la haïr plus fort qu'ils ne détestaient Marcel. Si son époux la jetait dehors, elle se trouverait en proie à cette ville. Son seul espoir d'échapper au peuple en colère tenait dans une arrestation, un retour au cachot et sans doute à la potence.

Est-ce que Marcel la pendrait ? Est-ce qu'il accepterait de sauver sa liberté à ce prix ?

Elle avait déjà plusieurs fois ressassé cette idée et conservait toujours en elle les images atroces qui en jaillissaient. Fixant le dos étroit de son homme immobile, elle ne savait plus si elle devait s'attendrir sur son sort ou prier pour...

Elle se demandait ce qu'elle pouvait bien espérer d'une prière, lorsque Marcel se dressa lentement, hocha la tête et dit sans se retourner :

— Faut s'en aller loin d'ici !

Le noir de l'angoisse et une bouffée de lumière se mêlèrent dans la poitrine de Jeanne qui demanda :

— Aller où ?

— N'importe où... Ce pays est grand... Pour nous retrouver...

Il se tut. Se leva et se tourna vers elle. Son regard noir était étrange. Jeanne crut y lire le signe de la désespérance et sa peur lui revint. Très vite, comme un naufragé qui se hâte de nager pour atteindre l'unique épave qu'emporte le courant, elle lança :

— Les trappeurs, j'en ai revu un, tu sais... un qui se nomme Lepelletier, Anatole Lepelletier... Je sais où il loge quand il vient à Québec. Si tu veux je peux aller le trouver. Il est peut-être encore là.

L'œil de Marcel s'éclaira un peu. Il lui empoigna le bras qu'il serra fort de ses doigts maigres où vivait un tremblement. Il dit entre ses dents :

— Va... Décide-le... Dis-lui que je suis prêt à payer le prix fort... Dis-lui. Faut pas attendre.

Il relâcha son étreinte puis, se reprenant, il serra plus fort encore et, d'une voix qui sifflait, il lança :

— Et qu'il fasse attention !... Dis-lui bien qu'il se méfie. Qu'il ne s'avise pas de me vendre ou de nous dénoncer en bavardant. Je serai sur mes gardes jusqu'au départ... D'une manière ou d'une autre, je me vengerai ! Tu lui diras bien.

Jeanne couvrit sa tête d'un fichu de laine qui dissimulait les trois quarts de son visage, et, effectuant des détours par les ruelles les moins fréquentées, elle s'en fut vers le bas de la ville.

A plusieurs reprises, des gens la reconnurent qui crièrent :

— Voyez la bourrelle ! Gibier de potence se donne au bourreau pour éviter la corde !

— Fille de rien !

— Traînée !

— Maudite garce. Elle a le mauvais œil.

— C'est une aguicheuse. Une voleuse d'hommes.

Jeanne évita de justesse l'eau crasseuse d'une bassine qu'on lui lançait d'une fenêtre. Elle reçut dans le dos plusieurs cailloux et entendit s'éloigner le rire et la galopade des enfants.

Lepelletier habitait avec plusieurs camarades une mauvaise bâtisse de rondins mal ajustés et qui se trouvait à mi-chemin entre l'église de la Basse Ville et la Batterie Dauphine. Lorsqu'elle y parvint, le coureur de bois s'y trouvait seul, occupé à retourner des peaux qu'il avait fait sécher. C'était un grand gaillard solide, sec de corps et anguleux de visage avec une barbe noire où couraient déjà bon nombre de poils blancs. Son œil était sombre, mais avec des transparences de rouille et de minuscules points d'or. Il était souvent secoué d'un petit rire de tête qui contrastait avec une voix assez grave et un peu voilée.

Jeanne, qui s'était plusieurs fois donnée à lui pour quelques pièces, le fit sans qu'il eût à la supplier et avant même d'exposer la raison de sa visite. Elle savait qu'Anatole Lepelletier était de ceux avec qui les choses se traitent rondement, sans finasser et sans marchander. Il aimait à dire :

— Le boniment de mercantile, je garde ça pour trafiquer avec les sauvages. Entre nous, vaut mieux que tout soit simple.

114

Et tout le fut, une fois encore. Lorsqu'ils se furent donné du plaisir, Jeanne dit en riant :

— Tu sais, tu es le premier depuis mon mariage.

Il eut beaucoup plus que son habituel petit rire pour rétorquer :

— Toi alors, tu vas fort. Tu voudrais que j'avale pareille menterie.

— Parfaitement... je te le dis. Et c'est pas ma faute. Tu trouverais pas dans toute la cité un gaillard qui veuille courir le risque d'être vu avec la bourrelle !

Le trappeur avança la lèvre supérieure et se mordit la barbe. Il hocha la tête et dit, presque gravement :

— C'est vrai... Nous autres, du dehors, on pense pas à ces choses... Mais pour toi et ton homme, ça doit être une foutue existence !

Elle parla un peu du poids de cette vie et lorsqu'elle eut précisé quel prix Marcel était prêt à payer pour être conduit en un lieu où il ne risquerait nullement d'être découvert par les hommes du gouverneur, Lepelletier réfléchit un moment avant d'expliquer :

— Sortir de la ville, c'est pas sorcier. Vous avez de la chance. De votre foutue Redoute au Bourreau, c'est rien du tout de descendre par-derrière l'Intendance. Là-haut, y a pas de garde, et les postes du bas, ton homme doit savoir où ils se trouvent. Vous tombez tout près du gué de la Petite Rivière.

Il s'arrêta un moment, le front plissé, et parut réfléchir. Il montra trois doigts et reprit :

115

— Dans trois nuits, la pleine lune est finie. Tu te souviendras ? Trois nuits.

Jeanne fit oui de la tête. Elle ne risquait pas d'oublier un mot de son propos.

— Moi, poursuivit-il, pour pas éveiller les soupçons, je m'en vais en plein jour, comme d'habitude... Je remonte le long de la rive, je me cache avec le canot, et j'attends la nuit. Là, suffira que vous veniez sur la rive. Tenez-vous à cinquante toises en aval des maisons qui sont sous l'Intendance. Sois sans crainte, j'y serai.

Il eut un clin d'œil et son petit rire. Puis, comme Jeanne s'apprêtait à sortir, il lui barra le chemin le temps d'ajouter :

— N'oublie pas : c'est cent cinquante livres... Je vous mène jusqu'en Nouvelle-Angleterre et vous vous débrouillez. Là-bas, vous serez en sécurité...

Il se remit à rire, la prit par la taille et l'embrassa avant de conclure :

— Cent cinquante livres. Et avec ça, faudra tout de même que ton homme nous laisse prendre un peu de bon temps.

3.

La nuit était déjà épaisse lorsque le bourreau et son épouse quittèrent la Redoute. Marcel avait fourré dans un sac de toile une hache de bûcheron, un rouleau de cordes, deux énormes miches de pain que sa femme avait cuit et un reste de lard bien gras. Jeanne portait un ballot de linge.

La veille, Marcel avait dû marquer au fer à fleur de lys rougi au feu l'épaule de deux voleuses. Il en avait parlé en disant que les hurlements de ces malheureuses résonneraient en lui jusqu'à son dernier souffle. Au moment où il tira la porte de la Redoute, il grogna :

— Même si ce coureur de bois ne nous attend pas, je m'en fous, nous partirons.

— Et comment feras-tu ?

— Je connais la région en face de la rivière Saint-Charles. Et je suis certain de pouvoir suivre le gué. Ça fait un peu plus de deux cents toises à marcher dans l'eau jusqu'au ventre. C'est pas chaud, mais tant pis... Faut le faire.

Jeanne pensa aux moments qu'elle avait passés trois jours plus tôt en compagnie du chasseur. Elle sourit dans la nuit et dit :

— Sois tranquille, je connais le gaillard, il sera là. Il aime trop l'argent pour laisser passer l'occasion de gagner cent cinquante livres.

Son homme lui empoigna le bras et serra fort en grognant :

— Cent cinquante livres que je vais lui donner et tout ce que tu lui donnes de ton côté.

— Imbécile. Qu'est-ce que tu vas chercher là ?

— Je sais ce que je dis. Et je te conseille de te méfier. Tu t'es donnée à moi pour que je te sorte du cachot, tu serais bien capable d'en faire autant avec un autre pour qu'il te tire de cette putain de ville où c'est devenu invivable !

Elle ne put retenir un ricanement. D'une voix sifflante elle lança :

— Y va t'en tirer avec moi, de cette foutue ville, t'es assez content...

Elle se tut. Quelque chose avait remué pas très loin. Peut-être un oiseau de nuit. Ils demeurèrent un moment le souffle retenu. La cité dormait.

— Allez, viens, dit l'ancien soldat. Et tais-toi... Faut la boucler jusqu'à ce qu'on ait atteint la rive. Je sais où sont les postes de garde, si je m'arrête, tu t'arrêtes aussi.

Ils s'étaient déchaussés et Jeanne qui tenait ses sabots sous son bras fut sensible un moment à la morsure du froid. Le sol ne portait plus que de rares traces de neige dans les recoins exposés au nord, mais la terre et les pierres demeuraient imprégnées d'une humidité glaciale qui vous montait le long des jambes comme un limon. Elle imagina un instant le gué à passer et sentit un frisson l'envelopper. Mais aussitôt, retrouvant le visage barbu du trappeur, elle sentit revenir la chaleur.

A présent qu'ils étaient en chemin pour le rejoindre, se gonflait en elle le désir de le retrouver. Le temps d'un éclair, Jeanne fut traversée par l'image d'un départ où elle était seule avec le coureur de bois.

La bourrelle repoussa cette vision. Elle n'éprouvait nulle passion pour Marcel. Elle n'avait jamais aimé personne d'amour, mais devait trop à cet homme pour ne point se sentir attachée à lui. Elle se promettait seulement de s'arranger pour prendre du plaisir avec le trappeur sans que son époux eût jamais à en souffrir.

Ils cheminèrent un long moment dans une obscurité où la lueur très faible des étoiles mêlait une clarté laiteuse à laquelle l'œil finissait par s'habituer. La rivière Saint-Charles apparut bientôt sur leur gauche, entre les arbres nus. Ils la devinaient au scintillement de reflets minuscules. Ils marchaient lentement, avec mille précautions, évitant le bois mort qui risquait de craquer sous le pied. Jeanne ne voyait ni ne sentait vraiment sa peur, mais cette peur était là, pourtant, qui lui nouait la gorge et provoquait le long de son échine des ruissellements glacés. Ses paumes étaient moites.

Bientôt, Marcel leva la main et s'arrêta. Une ombre venait de se détacher du tronc d'un énorme tremble. Jeanne passa devant son époux et, tout de suite, le coureur de bois s'avança davantage en disant :

— Alors ?

— C'est Marcel, mon mari.

Étouffant son ricanement, Anatole dit :

— Je m'en doute bien !

Le bourreau s'avança et salua. Aussitôt, l'autre lui demanda :

— T'as apporté ce qu'il faut ?

— Oui. Le compte y est.

— Si ça te fâche pas, j'aime mieux vérifier.

Marcel lui tendit un petit sac de pièces en disant qu'il trouvait cela tout naturel.

L'autre prit le sac, s'accroupit et se mit à compter les pièces qu'il sortait une à une pour les laisser glisser dans une besace où devaient se trouver ses hardes. Jeanne fixait la masse de son dos courbé et de ses épaules à peine habitées d'un vague mouvement de houle. Dans cette lueur si pauvre, l'homme n'était qu'un gros animal informe, mais un animal attirant.

Lorsque les pièces furent toutes passées du petit sac à la besace, le grand gaillard se releva lentement, empoigna son fardeau et dit :

— C'est bon.

Il descendit vers la rive sans le moindre bruit et

maintint son canot d'écorce immobile tandis que les autres embarquaient. Quand ce fut fait, il leur montra comment s'asseoir l'un derrière l'autre sans se gêner, puis, poussant de sa pagaie, il fit glisser l'embarcation.

C'est à peine si Jeanne percevait le frôlement de l'eau le long de la coque. Ce bruit semblait faire partie de la respiration de la nuit. La jeune femme éprouvait toujours ce serrement de gorge qui la tenait depuis leur départ de la Redoute au Bourreau, mais autre chose était en elle qui soulevait sa poitrine et passait sur son ventre. Quelque chose qui ressemblait un peu à ce qu'elle avait éprouvé chaque fois qu'il lui était arrivé de goûter à de l'alcool. Ses mains serraient les rebords froids du canot, ses ongles s'enfonçaient dans l'écorce de bouleau, moins parce qu'elle redoutait de tomber à l'eau que pour se retenir d'une envie folle de crier de joie. Était-elle plus heureuse de quitter cette ville et son poids de réprobation que de l'espérance d'une autre vie qui devait naître de cette nuit toute pleine de mystère? Cette question somnolait en elle, enfouie sous des brouillards plus denses que l'obscurité.

Le canot s'était peu à peu éloigné de la berge et piquait à présent vers le large de la rivière Saint-Charles dont l'autre rive se devinait à peine. Un souffle froid venait de la droite où se sentait la présence du Saint-Laurent.

Jeanne devina qu'ils atteignaient les eaux plus musculeuses du grand fleuve à un mouvement du bateau qui la surprit et lui tordit un instant les entrailles. Elle sentit également que, derrière elle, le trappeur mettait toute sa force à pagayer plus vite. Sans doute voulait-il gagner le large pour remonter devant la ville sans risque d'être aperçu ou entendu par les guetteurs. D'une voix qui ne devait pas porter plus loin que la proue du canot, il ordonna :

— A présent, Marcel, tu peux m'aider. On est contre la marée, faut pas traînasser.

L'ancien soldat empoigna la pagaie couchée devant lui et se mit à genoux pour ramer avec davantage de vigueur. Sans doute avait-il déjà souvent pratiqué, car il allait d'un long mouvement régulier et puissant, inclinant le buste et effaçant les épaules, tout à fait à son aise. Son travail était seulement beaucoup moins silencieux que celui du trappeur qui lança, après un moment :

— Heureusement qu'à présent y peuvent plus nous entendre. Quand tu rames toi, on peut dire que tu donnes à boire aux oiseaux.

Jeanne se retourna en posant ses deux mains sur le bordage gauche. La nuit était un soupçon moins épaisse. Elle sourit au trappeur qui cligna de l'œil en passant sur ses lèvres sa langue luisante.

Ils allèrent encore une bonne heure en silence, puis, s'arrêtant de pagayer le temps de reprendre son souffle et de boire une gorgée d'eau du fleuve au creux de sa main, le bourreau demanda :

— Jusqu'où tu comptes monter, comme ça ?

— Pour aujourd'hui, pas bien loin. On va entrer dans l'embouchure de la rivière Duchesne... Là, on se cachera deux jours, peut-être trois... Ils vont nous chercher partout en aval.

— Pourquoi, en aval ?

— Y vont bien penser qu'on est partis ensemble. Y se diront que j'aurai certainement profité de la marée pour descendre le plus loin possible... Au contraire, je remonte. On reste terrés, et quand ils auront fini de chercher, on pourra continuer notre route.

L'ancien soldat se mit à rire. Sans se retourner, il dit :

— C'est la bonne stratégie ! T'aurais fait un fameux général !

Ils remontèrent le cours de la rivière Duchesne sur une demi-lieue environ. Les berges étaient envahies d'un fouillis de viornes, d'ivraie, de longues filasses d'herbes que l'hiver avait jaunies. Sous ce tissu épais, on sentait poindre la vie. Le printemps encore caché préparait son éclatement. Plusieurs vols d'oiseaux firent sursauter Jeanne.

L'aube ne devait plus être loin. On la devinait au frottis de craie qui marquait le bas du ciel par-delà les branchages. Seule l'étoile du Berger continuait de scintiller.

Le canot s'engagea dans une anse étroite au-dessus de laquelle la végétation des rives se rejoignait pour former voûte. Tout au fond, sur la droite, une plaie de la berge marquait un éboulement de graviers où se lisait la trace d'un passage. Par là coulait une clarté qui grandissait très vite.

— C'était temps de se cacher, observa Marcel.

— Tais-toi, souffla l'autre... Y a un habitant qui a bâti sur son lot, tout près d'ici.

— Maudit ! Qu'est-ce qu'on fait là ? fit Marcel.

— T'inquiète pas, c'est un ami. Je lui achète des peaux et je lui vends de la poudre. Je veux seulement l'avertir que je suis pas tout seul. S'il entendait causer, y pourrait tirer. Il a déjà été attaqué... Restez là.

Souple et adroit comme un félin, le trappeur grimpa le long de la berge en dévers et disparut.

— Je sais pas où y nous mène, ton coureur de bois, grogna Marcel ; je suis pas tranquille. Il a une manière de regarder que j'aime pas.

— Tais-toi donc, tu l'as pas seulement vu. Y faisait trop nuit.

Ils écoutèrent. Au début, Jeanne entendit surtout le battement de son sang, mais, peu à peu, elle perçut les mille bruits qui font le silence de l'aube. Les branchages s'égouttaient sur la terre et sur l'eau. Des oiseaux s'appelaient. D'autres volaient lourdement. D'autres encore secouaient les herbes qui s'ébrouaient par endroits comme si la terre eût été soudain parcourue de frissons. A chaque bruit nouveau, Jeanne sursautait. Elle avait pourtant passé de longues heures de son enfance seule dans la nature avec deux chèvres, mais rien ici, rien en ce moment n'était pareil à un instant de son passé. Même lorsqu'elle luttait contre l'idée de la corde, dans son cachot humide et froid, jamais elle n'avait éprouvé ce qui l'habitait en ce moment, qu'elle ne parvenait pas à définir et qui n'était peut-être qu'un vague pressentiment de drame auquel elle s'efforçait d'opposer des lueurs d'espérance.

Le soleil venait de se hisser sur l'horizon et versait de l'or fin, ciselant l'entrée ourlée de ronces par où le trappeur avait disparu. Une gifle de vent passa qu'ils entendirent s'éloigner pareille à un fleuve invisible remontant la rivière dont la surface s'irritait.

Après un long moment, le trappeur reparut, leur dit de sortir et amarra son canot à une racine saillante.

— S'il y avait le moindre danger, on serait averti... Petitbois enverrait son garçon. Il s'appelle Garon, mais on lui dit Petitbois.

Il monta de son canot deux rouleaux de peaux. Il en prit un sur son épaule et demanda à Marcel d'apporter l'autre. Le couple le suivit jusqu'à une sorte de hutte basse, faite de branches et de joncs qui se confondaient avec le taillis. Une vingtaine de gros peupliers couverts de boules de gui l'entouraient. Vers les terres, le toit de bardeaux d'une petite maison dépassait une haie d'épinettes encore jeunes.

— C'est pas la peine d'amener vos baluchons, dit le trappeur. On aura nos peaux pour dormir. Je vais juste aller chercher mon fusil. Vaut mieux que tout soit dans le canot, des fois qu'on devrait sacrer le camp un peu vite...

Lui-même laissa à la poupe du canot son sac où se trouvaient les cent cinquante livres que lui avait données Marcel.

— A présent, fit-il lorsqu'il fut de retour avec son arme et sa poudre, reste plus qu'à attendre. On va manger. Et puis, on dormira.

Il coupa trois chanteaux d'un pain fort dur et noir comme du terreau. Il les posa par terre et déroula des feuilles jaunes qu'il avait tirées de ses fourrures en même temps que le pain. Il en sortit trois poissons fumés. En silence ils mangèrent. Puis le guide proposa :

— Vous allez vous coucher. Moi, je vais prendre la veille. Quand je serai fatigué, je le dirai.

Il déroula ses peaux, puis il sortit avec son fusil. Jeanne et son homme s'allongèrent côte à côte et tirèrent la deuxième fourrure sur eux pour se couvrir. Lorsque le silence fut revenu après le froissement des herbes sèches et du cuir, Jeanne tendit l'oreille. Le trappeur avait expliqué qu'il irait se poster à l'entrée du sentier, elle espérait entendre son pas s'éloigner, mais cet homme était plus silencieux qu'un reptile.

Jeanne eut grand-peine à trouver le sommeil. Elle se demandait comment allait s'organiser cette garde. Est-ce qu'on lui demanderait aussi de prendre son tour alors qu'elle n'avait jamais touché à une arme ? Est-ce que Marcel, lorsqu'il prendrait la relève, accepterait qu'elle demeure seule aux côtés du trappeur ? Elle ne pouvait s'empêcher d'imaginer ce qu'ils feraient alors et tout son corps se tendait vers cet instant espéré.

L'ancien soldat s'était endormi très vite et Jeanne eut envie de se lever sans bruit pour rejoindre le trappeur. Elle se contint pourtant, persuadée que le seul mouvement de la lourde couverture risquait de réveiller son époux.

Vers le milieu du jour, le coureur de bois s'en vint et les réveilla.

— C'est à toi, dit-il à Marcel.

Le soldat se leva et enfila sa capote. Jeanne qui avait entendu ne bronchait pas. Il la toucha du bout de sa botte :

— Ho ! la femme, tu viens, c'est à nous.

Elle eut un profond soupir et se leva en grognant. Le trappeur ne dit rien et Jeanne le regarda quitter sa veste de fourrure pour se coucher à la place qu'elle venait de laisser. Il allait se trouver dans sa chaleur et elle ne put s'empêcher d'imaginer ce qu'il en éprouverait.

Sans broncher, elle suivit son homme jusqu'à l'orée d'une sente mal frayée où il fallait écarter les broussailles pour passer. Une fois en bordure d'une terre labourée qui allait droit et propre jusqu'à la haie d'épinettes, elle s'allongea dans l'herbe au soleil et se rendormit.

La journée avait coulé dans le calme, et ce fut seulement le soir qu'un groupe d'hommes armés arriva jusqu'à la maison. C'était de nouveau Marcel qui était de garde. Il ordonna à sa femme d'aller réveiller Lepelletier et se dissimula en lisière du bois. Pieds nus, un sabot dans chaque main, insensible à la morsure des ronces, Jeanne courut. L'approche de son pas avait suffi à réveiller le chasseur qui sortit au moment où elle dépassait le dernier peuplier. A bout de souffle, elle expliqua ce qui se passait.

— Va te mettre dans le canot et bouge pas.

Elle eût aimé le retenir ou qu'il s'enfuît avec elle, mais elle le laissa aller sans répliquer et courut au canot. Elle embarqua et demeura les deux mains sur sa poitrine pour comprimer sa respiration et mieux écouter. Rien ne venait. Seul le vent poursuivait son jeu au-dessus de sa tête, plongeant parfois jusqu'à la rivière pour y faire courir un frisson.

Le temps lui parut interminable. Chaque pépiement, chaque murmure lui semblait un vacarme énorme. Elle imaginait les deux hommes arrêtés et emmenés par la troupe. Elle redoutait l'instant où les gens paraîtraient sur la rive et viendraient la prendre.

Mais ce fut Marcel qui arriva avec les dernières lueurs du crépuscule. Il lui dit de monter :

— Ils sont partis. Petitbois leur a promis de surveiller la rive et que s'il nous voyait il préviendrait les gens du sieur Deschaillons. Heureusement que j'ai encore de quoi le payer, celui-là. Seulement, on va arriver là-bas sans un sou en bourse !

Jeanne était trop heureuse d'avoir échappé aux recherches pour qu'une question d'argent vînt l'assombrir. Elle voulut rire.

— En Nouvelle-Angleterre, fit-elle, ils auront peut-être besoin d'un bourreau, tu pourrais toujours...

Il l'interrompit, brutal :

— Tais-toi, saloperie. C'est à cause de toi qu'on en est là ! Uniquement à cause de toi !

Jeanne se garda de répondre. Elle le suivit jusqu'à la hutte où ils se recouchèrent en silence.

Cette fois, Jeanne prit soin de s'allonger le plus loin possible de son homme qui lui tournait le dos en disant :

— Tâche moyen de dormir vite, à minuit, il va nous appeler.

Elle l'entendit bientôt ronfler. Elle patienta quelques minutes, puis, comme la respiration de Marcel était parfaitement régulière, sans bruit, imperceptiblement, elle s'éloigna pour finir par se trouver allongée sur le sol, à côté des peaux. Là, elle s'imposa encore quelques instants de silence, puis elle sortit pieds nus en ayant soin de ne toucher ni le toit ni le chambranle.

Dehors, elle marqua une dernière petite pause avant de se diriger vers la lisière d'un pas de plus en plus rapide.

Lorsqu'elle fut en vue de l'endroit où l'on devinait l'espace nu, elle dit :

— C'est moi.

L'autre eut son ricanement.

— J'aime mieux que ce soit toi que ton homme. Mais sacré Dieu, t'es rudement gonflée.

— J'avais trop envie.

— T'es pas toute seule... mais j' savais pas comment faire.

Il avait posé son arme debout contre un arbre.

Sans perdre un instant, il empoigna Jeanne et la coucha par terre en rugissant à voix étouffée :

— Faut pas traîner... T'es tout de même une foutue garce !... Une belle garce...

Jeanne s'agrippait à lui. Elle le serrait de toutes ses forces. Elle eût aimé entrer en lui et s'y réfugier. Le trappeur la pénétrait comme peut-être jamais aucun homme ne l'avait fait. Il semblait que cette nuit leur eût donné à tous deux des forces nouvelles, une soif de jouissance inconnue.

L'homme grognait comme un ours et Jeanne dut se retenir pour ne pas hurler de plaisir. Elle lui mordit la bouche et gratta des griffes le tissu roide de la grosse veste qu'il n'avait pas quittée.

Lorsqu'il se retira, elle éprouva presque une douleur. Un frisson courut le long de son échine tandis qu'elle haletait :

— Non... Non... T'en va pas... T'en va pas...

Il acheva de se relever et dit :

— C'est toi qui vas t'en aller, et en vitesse. Si ton époux se réveille, il va faire un joli vacarme... Allez, file. Et fais pas de bruit.

Jeanne eut envie de lui proposer d'abandonner son homme. En l'espace d'un éclair, elle imagina leur fuite à deux et la vie qu'ils pourraient avoir, mais, de manière tout aussi fulgurante, elle vit Marcel seul, repris par la garde et pendu.

Elle avait davantage de plaisir avec le trappeur qu'avec son époux, cependant, l'ancien soldat avait trop donné pour la sauver. Elle n'éprouvait aucun remords de l'avoir trompé et se sentait prête à recommencer, mais elle ne parvenait pas à se pardonner d'avoir pu un instant penser à l'abandonner car elle avait la certitude qu'elle signerait ainsi la condamnation de cet homme à qui elle devait d'être vivante et libre.

La journée suivante s'écoula dans une espèce de torpeur qui venait peut-être de ce printemps si proche qu'on le sentait à fleur de terre. Tout l'annonçait. Les odeurs, les bruits, la tiédeur de l'air et la manière qu'avait le vent de ronronner en caressant les buissons encore frileux.

Ils restèrent longtemps tous les trois allongés contre le bois où le soleil donnait comme en juillet. Le trappeur parlait de ses courses. Il raconta des chasses, des rencontres avec les Indiens. Cet homme savait tout de la forêt, des rivières, des lacs, des animaux. A l'écouter, Jeanne se voyait déjà en Nouvelle-Angleterre, riche de la vente des fourrures, installée comme elle avait vu que s'installaient les bourgeoises de Québec.

Au milieu du jour, le trappeur s'en fut jusqu'à la ferme de son ami et revint avec une gamelle d'où s'échappait un fumet qui vous emplissait la bouche de salive. Un gros chou avait cuit avec un morceau de lard salé. Ils mangèrent lentement, pour tuer le plus de temps possible, puis la torpeur les reprit jusqu'au soir.

Cette fois, ce fut le coureur de bois qui alla se coucher le premier tandis que le bourreau et son épouse demeuraient en faction. La nuit s'épaissit très vite. Les lueurs de sang du crépuscule s'éteignirent, absorbées par des grisailles que transpiraient la terre et le fleuve. Il y eut un long moment d'une obscurité à laquelle l'œil s'habituait mal, puis la lueur des étoiles se mit à couler effaçant même les ombres de la forêt. Cette clarté ressemblait à une eau glauque qui s'infiltrait partout. Elle grandissait peu à peu, et, lorsque le couple s'en alla vers la hutte pour prendre la place du trappeur, la terre et le fleuve, que l'on devinait entre les branches, étaient noyés de lumière.

Comme la veille, Jeanne se coucha le plus loin possible de son homme et se mit à surveiller son souffle. Sans doute en raison de cette journée passée à somnoler, Marcel fut plus long à trouver le sommeil. Il finit cependant par se mettre à ronfler, le nez contre les branchages de la cabane.

Déjà, la bourrelle s'était laissée glisser hors des peaux de bête. Elle se contraignit à quelques minutes d'attente, puis, comme Marcel continuait paisiblement son somme, elle se coula hors de l'abri et fila sur la pointe des pieds en direction du bois.

— T'as mis le temps.

— Il arrivait pas à s'endormir.

— T'es certaine qu'y dort bien ?

— Comme un sonneur.

— Bon Dieu, j' commençais à me dire que tu viendrais pas.

Tout en parlant, ils s'étaient allongés côte à côte, plus calmes que la veille. Ce fut elle qui dit :

132

— Faut tout de même pas trop traîner.

Une inquiétude l'habitait. Et pourtant, sa fièvre d'amour n'avait pas diminué.

Elle s'était allongée sur le dos en relevant son jupon. Ses mains pétrissaient le dos solide du trappeur. Elle aimait son poids sur elle. Son odeur. Son souffle. Cette manière qu'il avait de la prendre durement.

Collant sa bouche à son oreille, elle souffla :

— Je t'aime, tu sais.

Il émit un grognement plus fort que les autres et que Jeanne interpréta comme un écho à son aveu. Elle dit encore :

— Tu me laisseras pas tomber, hein ?

— Non.

— Si on a des coups durs, tu m'emmèneras, dis ?

A peine eut-elle laissé échapper ces mots qu'elle les regrettait déjà. Cet animal de liberté, ce fauve épris d'espace et de solitude n'allait-il pas être effrayé ? N'allait-il pas redouter qu'elle ne s'accroche à lui ? Que sa présence devienne une entrave à ses courses ? Elle ne fut qu'à demi rassurée de l'entendre dire comme en un rugissement :

— Bon soir, tu sens donc pas comme je tiens à toi, ma garce ? Quand l'envie me prend, j'irais te chercher n'importe où. T'es sûrement le diable... Je sais pas ce que tu m'as fait, mais je t'ai dans la peau.

Comme si cet aveu lui eût procuré une certaine paix, l'étreinte se fit moins brutale, plus lente, plus profonde encore et plus intense.

133

A plusieurs reprises Jeanne eut de nouveau envie de crier son amour, mais elle se contint. Puis, sentant que ce cri finirait par lui échapper, peut-être parce qu'il pourrait seul la libérer de ce qu'elle éprouvait encore d'angoisse, elle porta ses mains à la tête de son amant. Elle fouilla ses cheveux et, couvrant ses oreilles de ses paumes elle serra de toutes ses forces le temps de lancer :

— Je t'aime... Je t'aime... Je savais pas ce que c'était !

Comme l'homme se déplaçait légèrement sur le côté, sa tête s'écarta et Jeanne lâcha prise. Le tenant ainsi, elle l'avait empêché d'entendre venir cette forme qui jaillissait du sentier pour bondir vers l'arbre où le trappeur avait appuyé son fusil.

Jeanne était toujours allongée sur le dos. Comme l'homme se soulevait un peu, sa tête s'écarta et Jeanne vit la forme près de l'arbre où était le fusil.

Jeanne n'eut le temps ni d'un geste ni d'un cri. Averti sans doute par son instinct de bête des bois, le trappeur se dressait à demi, lui écrasant le ventre, et jaillissait comme une lanière de fouet. Marcel qui venait d'empoigner le fusil bascula en arrière. Une détonation claqua.

Tandis qu'une longue flamme trouait la nuit, les deux hommes roulèrent dans les broussailles et Marcel poussa un hurlement de bête.

Terrorisée, la tête soudain vidée de toute pensée, Jeanne se leva et partit en courant vers la haie d'épinettes. Elle l'avait presque atteinte lorsque lui parvint l'appel du trappeur :

— Viens là ! Fais pas la folle... Viens là, faut se tirer...

Sans se retourner, elle franchit la barrière de résineux où elle s'écorcha, puis, à bout de nerfs, elle vint s'écrouler devant la maison, le corps soulevé par d'énormes sanglots.

4.

Lorsque Jeanne avait entendu ouvrir la porte de la maison, elle s'était redressée soudain comme si on l'eût fouettée de verges. Sans encore comprendre exactement pourquoi, il lui semblait qu'en s'enfuyant elle avait couru à la poursuite de son propre malheur. L'homme qui sortait avait crié :

— Qu'est-ce qu'y a ? Qui c'est qui a tiré ?

Comme elle ne répondait pas, il s'était approché en demandant :

— T'es la bourrelle ?

Encore hébétée, Jeanne avait fait oui de la tête.

— T'es blessée ?

Elle avait fait non.

— Où ils sont ?

Elle avait tendu le bras pour indiquer la direction. L'homme s'était mis à courir droit à travers sa terre labourée, cahotant sur les mottes.

Et c'était alors que Jeanne s'était réveillée de son hébétude. D'un coup, elle avait imaginé son homme mort et l'autre en fuite. Si les gens de la milice la trouvaient, ils la conduiraient à Québec. On la jetterait en prison et, puisqu'elle n'était plus l'épouse du bourreau, on en trouverait un autre pour lui passer la corde au cou.

Les cris et les menaces des gens lui étaient revenus, amplifiés par la peur qui habitait son corps et agitait scs mains d'un tremblement qu'elle ne parvenait pas à dominer. Durant quelques instants, elle était restée sans bouger, puis, se reprenant soudain, elle s'était mise à courir pieds nus, droit devant elle, insensible aux pièges épineux des ronces et au fouet brutal des basses branches.

Elle avait couru longtemps, enfonçant parfois jusqu'aux genoux dans la vase, s'écorchant aux roches, tombant souvent, sans cesse persuadée que mille bêtes au galop la talonnaient, mille bêtes montées dont elle sentait le souffle lui brûler la nuque.

Puis, étant tombée une fois de plus, elle était restée un moment tapie dans un trou que lc poids de son corps avait creusé dans les hautes herbes sèches. Immobile, la tête emplie du pétillement des tiges écrasées et du battement assourdissant de ses veines à ses tempes, elle était demeurée là, sans bouger, pour reprendre haleine. Mais la fatigue l'avait assommée et elle s'était endormie.

A présent, elle sortait du sommeil comme d'un bain étouffant de boue épaisse. La gorge brûlante, la bouche en feu et comme emplie de sable salé, elle avait une terrible soif. Elle se redressa lentement, épiant autour d'elle, surprise de n'être ni enchaînée ni entourée de cavaliers.

Pourquoi pensait-elle à des cavaliers alors que les hommes d'armes de ce pays allaient à pied? Était-ce sa patrie d'enfance qui l'avait ainsi poursuivie toute la nuit?

Elle acheva de se dresser. Autour d'elle, le fouillis de branchages et de hautes herbes était tel qu'elle se demanda comment elle avait pu arriver jusque-là. Nulle sente ne s'amorçait dans aucune direction. Elle aspira profondément. Le soleil était haut mais un petit vent frais courait. Jeanne se dit qu'il venait sans doute du fleuve et se mit à marcher face à lui.

Sans le vouloir, elle avait progressé en remontant le long de la rive. Bientôt, la végétation se fit moins touffue et les lueurs du fleuve apparurent. Jeanne s'accroupit sous les derniers buissons et, flairant l'eau à la manière d'une bête traquée, elle s'imposa quelques instants d'attente, observant la surface, la rive opposée, puis celle où elle se trouvait en aval et en amont.

Rien ne vivait que les oiseaux, les uns immobiles sur le miroir du fleuve, les autres également immobiles, les ailes déployées sur la force du vent qui les haussait vers la lumière. Rassurée, Jeanne s'avança sur les genoux et les mains. Plongeant son visage dans l'eau glacée, elle but longuement, se redressa ruisselante puis but encore. Le mélange de sable et de terre était noir. L'eau boueuse avait un goût étrange, légèrement saumâtre, mais la soif de l'ancienne bourrelle était telle qu'elle eût avalé n'importe quel liquide.

Elle se retira sous le couvert et se dit que le trappeur avait sans doute repris sa navigation dans la direction où elle se trouvait. Il se cacherait certainement le jour pour remonter de nuit. Si elle longeait la rive, elle avait une chance de le trouver.

Jeanne se mit donc à marcher sans s'éloigner du fleuve, en se découvrant le moins possible. Elle savait qu'un canot descendant le courant pouvait surgir très vite derrière une pointe boisée et la surprendre.

A plusieurs reprises, elle pensa à Marcel. Est-ce que vraiment ce hurlement qu'il avait poussé signifiait que le couteau du chasseur l'avait blessé à mort? Car le chasseur avait tiré sa lame. Elle en était certaine. Elle avait vu l'éclat d'acier briller au moment où il se détendait.

Est-ce que le trappeur allait la chercher? Avait-elle été assez adroite avec lui pour qu'il eût envie de la retrouver?

A mesure qu'elle marchait, sa fatigue se réveillait et la faim lui nouait l'estomac. Ses pieds étaient en sang. Sa jupe et son caraco déchirés par les épines, ses bras et ses mains écorchés, son visage aussi qu'elle ne pouvait voir mais où elle tâtait les croûtes du bout des doigts.

Elle s'arrêtait de plus en plus souvent. Vers le milieu du jour, elle s'accorda une station plus longue, mais ce fut la faim qui l'incita à repartir en s'éloignant du fleuve.

Elle savait que des lots avaient été distribués à des habitants en amont de la ville. Son instinct devait la guider assez bien car, alors qu'approchait le crépuscule, elle huma l'odeur du feu. Elle marcha vers les terres et découvrit bientôt une bâtisse de bois rond qui paraissait toute récente. Cette demeure se trouvait à l'extrémité d'une longue pièce de terre dont plus d'une moitié était labourée et propre comme un sou neuf alors que l'autre portait encore bon nombre de souches et des traces de brûlis récents. Mais ce n'était pas de là que venait l'odeur de feu, c'était bien de la maison dont la cheminée fumait gris sur le ciel où montaient des lueurs ocre. Jeanne progressa sous le couvert jusqu'à hauteur de la maison. Elle s'arrêta, observa un moment.

Rien ! Ni le moindre bruit ni la moindre lueur. Sa faim était à ce point insupportable qu'elle n'eut pas la patience d'attendre que la nuit fût tombée. Avec précaution, prête à la fuite, elle avança à découvert.

S'étant arrêtée à plusieurs reprises pour comprimer les battements de son cœur et mieux écouter tout autour, elle finit par atteindre la porte qui était entrouverte. Dès qu'elle s'en approcha, une odeur de viande grillée lui emplit la bouche de salive. Elle s'arrêta encore, puis, n'y tenant plus, elle poussa la porte.

A peine avait-elle aperçu les braises de l'âtre qu'elle se sentit empoignée et couchée à terre par quatre mains terribles. Son épuisement était tel qu'elle n'opposa pratiquement aucune résistance.

A plat ventre sur le sol de terre battue, les bras tordus derrière le dos, elle ne put que gémir :

— Pitié... Pitié...

— Pitié d'une charogne pareille, j'aimerais bien voir ça !

Une voix d'homme grave et vibrante dit encore :

— Faites de la lumière, qu'on l'attache.

Un fagot fut ouvert sur le foyer d'où monta aussitôt une flamme claire. Une femme avait mis ce bois. Elle était à peu près du même âge que Jeanne, mais plus petite et plus large. Un garçon d'une douzaine d'années s'approchait avec une grosse corde d'attelage. Jeanne sentit qu'on lui liait les chevilles, puis les poignets dans le dos. Lorsque ce fut fait, celui qui l'avait maintenue au sol l'empoigna solidement par un bras pour l'obliger à s'asseoir par terre. Il se montra enfin. Il avait un lourd visage envahi de barbe noire. Son regard luisait aux flammes. Ses dents blanches brillaient. Il lança :

— Tu vaux bien cent cinquante livres... Certain !

Les trois se mirent à rire. Jeanne qui ne comprenait pas mais pensait à la somme versée au coureur de bois bredouilla :

— Quoi... Cent cinquante livres ?

— Ben oui, c'est le prix qu'ils ont promis pour ta capture. Et autant pour le trappeur qui est parti en canot... Mais celui-là, je m'y risquerais pas. C'est un malin... Y doit être loin, à c't' heure !

L'homme l'examina comme il eût fait pour une truie sur un foirail. Il dit encore :

141

— T'es une belle garce. C'est presque dommage qu'on te pende, mais comme tu l'as mérité deux fois au moins, nous autres, on s'en fout... Pour cent cinquante livres, certain qu'on t'aurait attendue toute la nuit. Le sergent s'est pas trompé. Il a dit : « La faim fait sortir la louve du bois, et c'est là qu'elle viendra parce qu'elle va monter le long du fleuve. Et si tu fais griller de la viande, elle viendra... » Oui, il a dit ça. Y s'est pas trompé... A l'aube, y va arriver avec ses hommes pour te cueillir... Et nous autres, on va toucher la moitié des cent cinquante livres. Et je vais pouvoir acheter des bêtes... Sans toi, on aurait bien peiné encore au moins deux années...

Il continuait de parler, comme s'il se fût cherché des justifications. Mais Jeanne avait cessé de l'écouter. Tassée sur elle-même, les jambes repliées, une épaule contre le pied d'une énorme table de rondins, le corps et les membres tellement douloureux qu'elle en arrivait à ne plus rien éprouver, elle s'engourdissait peu à peu, persuadée maintenant qu'elle avait commencé à s'enfoncer vers la mort.

Une fois le bavard endormi, sa femme s'était relevée sans bruit pour venir faire manger Jeanne. Sans la détacher, sans prononcer la moindre parole, elle avait déchiqueté de la viande qu'elle lui avait mis dans la bouche à la lueur du feu mourant. Puis elle lui avait fait boire de l'eau d'une cruche.

Dans un souffle, Jeanne avait remercié.

142

— Tais-toi, avait dit l'inconnue, il pourrait t'entendre.

— Vous êtes bonne.

— Non.

— Si... C'est quelque chose, de sentir une personne qui vous méprise pas.

— J' sais pas si je te méprise... Mais t'es une créature du Bon Dieu comme les autres. Même si tu t'es souillée, tu mérites miséricorde.

Lentement, elle lui avait versé sur les pieds et les chevilles le reste de l'eau glacée que contenait la cruche. Puis, sans ajouter un mot, elle avait disparu.

Et la nuit s'était épaissie, trouée seulement par les braises qui n'en finissaient plus de palpiter.

Comme lorsqu'elle se trouvait dans son cachot, Jeanne avait souvent sombré dans le noir pour émerger peu de temps après. La corde qui lui sciait les poignets l'avait empêchée de se coucher autrement que sur le ventre et les côtés, et le froid qui montait de terre l'avait à demi paralysée, aussi éprouva-t-elle une sorte de soulagement lorsqu'elle entendit arriver les soldats. Les habitants se levèrent en hâte et l'homme ouvrit la porte tandis que la femme allumait le feu. Les lueurs conjuguées de l'âtre et de l'aurore baignèrent la pièce où un sergent et deux hommes entrèrent. Le sergent eut un grand rire en disant :

— Tu vois, Champrouge, je te l'avais bien dit !

Ils s'étaient mis d'accord pour partager la prime lorsque l'habitant viendrait la toucher à Québec.

143

Ils convinrent d'un lieu où se retrouver, puis les hommes détachèrent la prisonnière et l'obligèrent à se lever.

Comme elle titubait, les soldats l'aidèrent à sortir. Ils étaient sans douceur, mais sans brutalité excessive. Seul le sergent parlait qui demanda :

— Tu pourras marcher, oui ? T'es pas belle à contempler, tu sais. Tu ferais pas gros de monnaie, comme te voilà arrangée !

Il y eut un rire à peu près général. Seule la femme s'abstint et Jeanne crut lire de la compassion dans son beau regard brun.

Le ciel s'était couvert. Il était d'un gris terreux et portait au ras de la forêt une longue blessure luisante toute pareille à une lame de métal au tranchant effrangé.

Le nordet s'était levé. Il charriait les premières gouttes d'une petite pluie froide qui sentait le retour de l'hiver et la mort.

La marche fut interminable par les sentiers de forêt et les routes de terre. L'averse qui avait pris de la vigueur détrempait tout. La boue glissait sous les pieds nus de Jeanne tellement déchirés qu'ils n'étaient plus qu'une seule plaie où le sang se mêlait à la terre.

Le dos voûté, l'arme au bras, les quatre hommes et le sergent allaient en grognant de loin en loin :

— Avance, la bourrelle, t'auras tout le temps de te reposer en prison.

— T'en fais pas, d'ici qu'ils dénichent un autre

exécuteur, tu pourras te requinquer. Tu seras toute belle pour te faire pendre.

Deux ou trois fois le visage de ses juges, celui du manchot et le souvenir de son homme revinrent à la malheureuse, mais seulement par éclairs. Sa tête était trop vide et son corps trop meurtri pour qu'il lui fût possible de faire deux choses en même temps : avancer et penser.

La nuit que hâtait le poids du ciel était déjà toute proche lorsqu'ils entrèrent dans Québec, par le chemin qui franchit les murs sous le Bastion de Joubert et s'en va contourner les Récollets avant de grimper vers la Haute Ville. Au moment où ils abordaient les retranchements, Jeanne ne put retenir des larmes qui se mêlèrent à la pluie sur ses joues et que personne ne remarqua. Tout son être venait d'être comme écrasé par une poigne monstrueuse.

Un moment plus tard, cependant, elle remercia le ciel de la pluie et de l'ombre qui coulaient sur les rues désertes. Nul n'était dehors pour l'insulter et lui jeter des pierres.

Comme il était tard, les soldats la conduisirent directement à la prison où le manchot la reçut, tout seul avec un homme d'armes à moitié endormi sur un banc de la salle des gardes.

— Te voilà joliment faite, dit-il. Ah oui ! C'était bien la peine... Vraiment, c'était bien la peine ! T'as bien été chercher le malheur, toi !

Dès que Firmin eut tracé une croix sur un papier que lui tendait le sergent, les soldats s'en allèrent et le manchot empoigna l'énorme anneau forgé où pendaient trois grosses clefs tordues. Avec la première, il ouvrit la lourde porte de bois qui donnait accès à l'escalier plongeant vers les cachots. En bas se trouvait une autre porte pareille ; il l'ouvrit avec la deuxième clef qu'il laissa dans la serrure. Remontant deux marches, il prit la torche qui brûlait fichée dans un support de métal. Il eut un ricanement et dit :

— Tu vois, quand on n'a qu'un bras, faut avoir deux bonnes jambes.

Il alla planter la torche de l'autre côté, revint prendre ses clefs et observa :

— L'avait tout de même fait du travail, le Marcel, y a plus que deux cachots d'occupés. T'as le choix.

Jeanne allait dire qu'elle préférait ne pas être au fond, lorsque, de derrière la première grille, un ricanement aigre monta :

— Peste ma mère, mais c'est la bourrelle ! La putain ! La voleuse ! J'espère que cette fois, y vont pas la manquer. Quand on va la savoir ici, tous les hommes de la cité vont se porter volontaires pour la pendre... Si on prenait les femmes, je demanderais tout de suite.

— Moi aussi ! Certain que je demanderais.

Une autre voix de femme beaucoup plus jeune venait d'en face. Les prisonnières s'approchèrent des grilles et Jeanne avança en disant au manchot :

— J' veux être tout au fond. Où j'étais la première fois.

146

— T'as raison... Et t'as plus qu'à prier pour qu'ils n'arrêtent pas un homme dans les jours qui viennent... Parce que tu sais, ce qu'elles ont dit, j' crois bien que c'est vrai.

Il baissa le ton.

— Et encore, elles autres, elles savent pas que t'as tué ton époux... Mais dehors, ça se sait partout. Les gens sont montés contre toi.

— Mais Seigneur ! Je l'ai pas tué, je le jure.

Il se mit à rire pour répliquer :

— Ça, ma toute belle, c'est pas à moi qu'y faut le dire, c'est aux juges. Et ce sera pas facile !

Jeanne eût aimé se défendre davantage, mais elle n'en avait pas la force. Le gardien n'avait pas encore refermé la grille de son cachot que déjà elle se laissait tomber sur la paille humide. L'obscurité se fit. Et malgré les insultes que continuaient de lui adresser les deux autres prisonnières, Jeanne sombra dans une faille sans fond où le sommeil, la fatigue et la faim conjuguèrent leurs forces pour l'écraser.

Jeanne dormit comme une souche jusqu'à l'heure où le manchot s'en vint apporter le pain et l'eau du matin. Il sortit de sa poche une tranche de lard poussiéreuse qu'il lui tendit en murmurant :

— Tiens, bouffe ça, t'en auras besoin... Moi, j' te blâme pas tellement... Et puis, si t'es encore longtemps ici, j'espère que tu me feras plaisir. T'as pas été généreuse avant de t'ensauver.

Elle remercia et promit de se donner. Elle avait

une telle faim que cette tranche de lard lui paraissait le plus merveilleux des présents.

Lorsqu'elle voulut se lever, elle eut peine à réprimer un cri de douleur. Son corps et ses membres étaient comme si on l'eût bastonnée durant des heures. Elle demeura un long moment adossée au mur, incapable de retenir ses larmes. C'est ainsi qu'elle mangea. Elle remuait le moins possible, mais le seul mouvement de ses mâchoires suffisait à la faire souffrir.

Elle s'était recouchée sur sa paille depuis quelques minutes seulement lorsque le manchot revint accompagné d'un nouveau sergent et de deux soldats. Les autres prisonnières crièrent :

— Faut trouver quelqu'un pour lui appliquer la question !

— Les brodequins, elle va voir ce que c'est, la belle garce ! Elle montrera plus ses jambes après ça !

Malgré la peine que lui coûtait chaque pas, Jeanne passa très vite devant les cachots. La veille au soir, après tant de fatigue, c'était presque avec soulagement qu'elle avait vu s'ouvrir la porte de cette prison, à présent, elle la quittait sans regret tant la présence de ces braillardes lui était odieuse.

— T'inquiète pas, fit le manchot en montant l'escalier, ton homme est pas encore remplacé. Y peuvent pas appliquer la question sans exécuteur.

Il pleuvait toujours. Une pluie fine et froide que Jeanne reçut comme un baume. Elle eût aimé s'arrêter dans la cour qui séparait la prison du bâtiment où siégeait le tribunal. Comme elle ralentissait le pas, les gardes qui l'avaient prise en charge la bousculèrent. L'un d'eux grogna :

— Dépêche-toi, la belle, tu vas chanter, va !

Lorsqu'elle fut poussée dans la salle des tortures, Jeanne eut un mouvement de recul. Son corps se raidit à la vue des instruments que son homme lui avait si souvent décrits.

Au cours de son premier procès, on ne lui avait pas appliqué la question préalable parce qu'elle n'avait rien à avouer. Tout était clair, elle n'avait pas un instant cherché à nier. Et puis, déjà, l'absence de bourreau interdisait les supplices. Mais aujourd'hui, est-ce qu'on n'allait pas trouver un homme parmi tous ces gens qui la détestaient ? Ne s'en présenterait-il pas des douzaines qui seraient volontaires pour la torturer ? La première fois, on ne l'avait pas amenée ici, pour la juger.

Les gardes l'empoignèrent par les bras et la seule pression de leurs mains lui fut un supplice. Ils lui attachèrent de nouveau les poignets derrière le dos, l'obligèrent à s'asseoir sur un lourd tabouret puis lui lièrent les chevilles. Les cordelettes étaient pour elle comme des lames dentelées tant ses plaies de la veille étaient à vif. Elle ne put retenir un cri de douleur et l'un des gardes se mit à rire en disant :

— Il en faudra pas beaucoup pour qu'elle se mette à faire du spectacle !

Devant elle, il y avait une longue table et trois sièges à dossier très haut sur lesquels deux juges et un greffier vinrent s'asseoir. Tous trois étaient vêtus de velours noir. Les broderies du col et des revers étaient de fil d'or pour les juges et d'argent pour le greffier.

Le soldat qui avait ri s'adressa au juge et dit :

— S'il faut qu'elle jase, pas besoin d'avoir un exécuteur des hautes œuvres. Je sais le moyen de lui délier la langue.

Aussitôt, le juge qui occupait le siège du milieu lança d'une voix aussi tranchante que son étroit visage osseux :

— Alors, fais-le tout de suite, et qu'on en finisse au plus vite.

Jeanne sentit que l'homme engageait un objet dur et froid dans la corde qui lui liait les poignets, elle tenta de se déplacer pour lui échapper, mais les autres la maintenaient solidement. Elle gémit :

— Non... Je vous en supplie... Je dirai tout.

L'homme appuya sur son levier et les cordes tordues entrèrent dans les chairs.

La douleur fut atroce et Jeanne poussa un hurlement qui lui déchira la poitrine et la gorge.

— Seigneur Jésus ! Pitié... Pitié... Je dirai tout... tout !

Sa voix s'étrangla. Sa vision se troubla et sa tête tomba en avant. Elle reçut aussitôt un broc d'eau froide sur la nuque. Saisie, elle se redressa pour entendre le juge qui disait :

— Femme Guillardon, déjà condamnée à mort pour vol sous le nom de Jeanne Beaudion, tu es accusée de vol de peaux de martres au détriment du sieur Pousard, accusée de meurtre de ton époux,

Marcel Guillardon, exécuteur des hautes œuvres du gouverneur de Nouvelle-France, accusée de tentative de vol chez l'habitant...

Jeanne ne put se contenir. Elle cria :

— Non... C'est pas moi !

Sur un signe du juge, le garde serra de nouveau les liens et Jeanne hurla :

— Oui... Oui... J'avoue... C'est moi... C'est moi...

Il y eut ainsi des allées et venues de la souffrance. Pour chaque question du juge, pour chaque réponse de Jeanne, pour le plaisir aussi du garde, la corde fut dix fois tendue et détendue. Jeanne sentait le sang ruisseler dans ses paumes. Elle eut l'impression que ses os mêmes étaient entamés.

La loi interdisait que l'on prolongeât les interrogatoires au-delà d'une heure un quart, et le juge respecta la loi. Après une heure un quart qui sembla un siècle à l'accusée, le tribunal prononça une sentence de mort pour complicité de meurtre. La pendaison devait être précédée de la flétrissure appliquée aux voleurs et de la peine du fouet jusqu'au sang réservée à ceux qui avaient l'audace de quitter la ville sans autorisation des autorités.

Jeanne était trop épuisée pour réagir. D'ailleurs, pour sa seule douleur de poignets, elle s'était à plusieurs reprises entendue crier :

— Tuez-moi... Par pitié tuez-moi !

Elle n'aspirait plus qu'à retrouver la paille de son cachot où l'attendait une cruche d'eau.

Lorsque les gardes la remirent au manchot, elle

éprouva un immense soulagement. Les insultes et les railleries de deux autres prisonnières ne l'atteignaient plus. Débarrassée de ses liens, elle laissa le manchot lui verser de l'eau fraîche sur les chevilles et les poignets, puis, incapable de manger, elle se coucha sur la paille, se recroquevilla sur sa douleur et sombra dans une espèce de torpeur qui n'était pas un vrai sommeil. En elle, il n'y avait qu'un grand vide noir où résonnait cette prière inlassablement répétée :

— Seigneur, faites-moi mourir sans douleur. Seigneur, faites-moi mourir...

5.

QUATRE semaines stagnèrent. Engourdissantes. Écrasées d'angoisse, de silence, de vide.

Le printemps s'avançait jusqu'au fond des cachots. On le percevait à la nature de l'air qui ruisselait des larmiers prenant jour au ras des pavés de la cour. On le sentait au bruit des pas ; à des sonorités plus claires de chaque écho du monde extérieur. Quelque chose de léger et de lumineux venait flotter jusque dans les recoins obscurs, qui donnait envie de mouvement et d'espace. Jeanne se répétait sans cesse qu'au-dehors, par-delà les pierres immuables, la vie changeait qu'attisaient le soleil et le vent. Cette certitude ajoutait à sa tristesse.

Une des gueulardes enfermées près de l'entrée avait été libérée. L'autre, une fois seule, avait mis moins d'entrain à pratiquer l'insulte. A court d'imagination, elle avait fini par se taire.

Un homme était arrivé. Jeanne avait connu quelques minutes pénibles, mais, ayant installé son nouveau pensionnaire, le manchot s'était empressé de venir rassurer sa payse :

— Tu peux dormir tranquille, ma garce. T'as bien de la veine dans ton malheur, c'est encore pas celui-là qui te conduira au bal. Moi, je peux pas être exécuteur avec un seul bras, lui, c'est une jambe qu'il a perdue par le gel... Tu vois, tu crains rien, pour l'heure.

Était venu ensuite un Indien Panis qui n'était resté que quelques jours durant lesquels il avait fredonné presque sans discontinuer une espèce de mélopée étrange et lancinante. Le lendemain de son départ, sa place avait été occupée par un Anglais, promis à la potence. Firmin avait affirmé :

— Le bourreau peut pas être un Anglais.

— T'es certain de ce que tu dis ?

— Absolument. C'est le greffier qui me l'a assuré.

— Et t'es sûr qu'il est anglais ?

— Tu parles, y sait pas un mot de français... Il a été pris en train de voler des fourrures dans un bateau.

Le manchot avait raconté ce qu'il savait de cette affaire, puis il avait conclu :

— Tu peux dire que t'as toutes les chances, toi... Pour te pendre, je crois bien que tous les hommes de la cité seraient volontaires. Mais y en a pas un qui veut devenir bourreau... C'est un métier qui répugne... Un qui serait bourreau que pour t'exécuter, c'est contraire à la loi.

154

Lorsque Jeanne soupirait en disant que l'on finirait bien par en trouver un, Firmin rétorquait :

— Tu t'en es bien tirée une fois, pourquoi que ça réussirait pas encore ?

Jeanne avait été obligée de se donner à lui, et, pour la première fois de sa vie, elle avait senti monter en elle un écœurement qui l'avait tout d'abord surprise. Mais l'image du trappeur s'était imposée et la Normande avait compris que l'amour peut avoir certaines exigences. Pourtant, son corps était la seule monnaie dont elle disposât pour payer au geôlier ce qu'il lui apportait. Un jour du lard, le lendemain une pomme toute ridée, un morceau de poisson fumé ou une rave.

Elle avait bien essayé de lui suggérer de l'aider à fuir, mais sans conviction parce qu'elle le sentait résigné à son existence sinistre.

Le souvenir de Marcel revenait parfois, mais Jeanne était trop éprise du coureur de bois pour que la mort de son époux ne finît point par lui apparaître comme un accident dont lui seul était responsable. D'ailleurs, si Dieu avait voulu qu'il disparût ainsi, n'était-ce point que son heure était venue ? N'était-ce point aussi que leur union était sans véritable amour ?

Jeanne refusait de regarder ailleurs que du côté de cet amour qu'elle sentait de plus en plus brûlant en elle. Pas un instant l'idée ne l'effleura que le trappeur avait fait preuve de lâcheté en fuyant sans avoir rien tenté pour la sauver. Elle savait qu'il vivait, c'était l'essentiel. Elle avançait également dans la conviction que lui aussi l'aimait. Il l'avait dit en promettant qu'il viendrait la chercher n'importe où.

Il viendrait. Il la délivrerait. Il était la force et la ruse en personne. Sans doute se trouvait-il tapi non loin de la prison à attendre son heure en bon chasseur qu'il était.

Quatre semaines coulèrent avec des nuits d'un noir sans limites, avec des réveils brutaux, des sensations d'étranglement, et puis, vers le milieu d'une journée où la lumière devait être belle sur les terres libres, un prisonnier fut amené. Le manchot l'enferma dans l'un des cachots du début, si bien que Jeanne ne put le voir, mais la gueularde qui restait émergea de sa torpeur et poussa des cris de joie :

— Le voilà bien, le tueur de bourreau... L'amant à la bourrelle... Faut le mettre avec elle, faut qu'on les entende se donner du bon temps !... Faut qu'on rigole !

Elle éclata d'un rire dément. Elle continua tant que le manchot dut la menacer du fouet pour la faire taire.

Ayant accompli son travail, il vint trouver Jeanne et lui dit :

— C'est vrai. Il est là... Il a demandé à pas être en face de toi... Il a été repris du côté des grands rapides... C'est parce qu'il avait trop bu qu'ils ont pu l'avoir... Paraît qu'il s'est vanté de ce qu'il a fait. Et des gars qui voulaient la prime l'ont assommé et ligoté pendant qu'il dormait.

Jeanne imagina la scène. Ce n'était pas ainsi qu'elle avait espéré que viendrait son amant, mais il était là, à quelques pas de son cachot, et bien qu'il se trouvât lui aussi enfermé, une large bouffée d'espoir envahit la jeune femme.

Qu'allait-il tenter? Elle se mit à imaginer les évasions les plus folles. Puis, ce fut la peur qui la reprit. Est-ce que celui qu'elle aimait n'allait pas être condamné? A présent qu'il se sentait pris, n'allait-il pas se perdre pour la sauver? Et s'il disait la vérité aux juges? S'il prenait le crime à son seul compte? Pour lui, ça me changerait rien. Sans aggraver son cas, il pouvait la sauver. Elle fut un moment suspendue à cette folle espérance, puis, se souvenant qu'elle avait déjà été condamnée à mort pour vol, elle se dit que tout ce que l'on tenterait pour lui épargner la corde serait vain.

Elle connut pourtant d'autres moments de clarté. Elle imagina le trappeur réussissant à assommer le manchot et les gardes, puis venant la tirer de là pour fuir avec elle. Cette fois, ils n'étaient pas repris, ils allaient loin. Jusqu'à cette Nouvelle-Angleterre dont elle avait déjà rêvé.

S'il avait demandé à être séparé d'elle, était-ce qu'il comptait partir seul ou, au contraire, n'éveiller aucun soupçon et pouvoir agir beaucoup plus aisément?

Jeanne eût aimé des réponses à ces questions. Elle avait cessé de vivre couchée comme une bête résignée. Elle allait et venait dans son cachot, excitée par ce qu'elle ne cessait d'imaginer.

La mort n'était plus au bout du tunnel ; aspirant l'air qui tombait du soupirail, il lui semblait parfois que le ciel était avec elle, qu'il chargeait le vent de tous les parfums des champs pour lui crier qu'elle devait espérer.

Son sommeil était interrompu par l'image de Marcel. Marcel douloureux et écrasé par sa besogne de bourreau ; Marcel poignardé et perdant son sang dans la nuit des bords du fleuve. Elle voyait ce sang former une rivière qui s'en allait se jeter dans le Saint-Laurent. Le fleuve devenait écarlate sur toute sa largeur et la population de Québec assemblée sur la rive criait :

— C'est le sang du bourreau versé par la bourrelle !

Des gens demandaient que Jeanne fût torturée, d'autres, au contraire, que l'on chantât sa gloire parce qu'elle avait tué un bourreau et que les bourreaux sont des êtres abjects.

Certaines nuits, c'était Marcel qui venait lui plaquer sur l'épaule la marque infamante des voleuses, c'était lui qui tenait le fouet, c'était lui qui l'accompagnait à la potence.

Ce rêve-là, elle le poursuivait après son réveil. Les moindres détails des exécutions auxquelles elle avait assisté lui revenaient. Elle voyait la charrette ; les trois cordes ; les deux tortouses grosses comme un doigt qui servaient à la pendaison proprement dite, et le jet plus petit que le bourreau utilisait pour jeter le condamné en bas de l'échelle. Elle voyait l'exécuteur cramponné au bras de la potence

158

et, le pied engagé sur les mains liées du supplicié, appuyer de tout son poids pour l'aider à mourir.

Elle se réveillait alors le corps couvert de sueur. Elle se levait, allait se soulager sur la paille dans l'angle le plus éloigné de sa litière, puis marchait de long en large dans l'obscurité, de la grille au mur opposé.

Jeanne allait jusqu'au terme de l'agonie du condamné. Au terme de sa propre agonie. Puis, invariablement, parce qu'elle était habitée par un immense besoin de vivre, elle imaginait la corde rompue et la grâce accordée, elle se voyait fuyant la prison, elle retrouvait l'espace, le soleil, parfois même sa Normandie natale.

Le trappeur avait été jugé et condamné à mort. Lui aussi devait être marqué au fer rouge et fouetté avant la pendaison. Le manchot avait expliqué tout cela à Jeanne en ajoutant :

— Toute la ville est très montée contre lui. Il y aura sûrement du monde à son exécution.

— Et à la mienne aussi.

— Certain, oui ! Mais on ne trouve toujours pas de bourreau. Pas plus pour lui que pour toi.

Trois jours passèrent après le jugement du trappeur, puis le manchot revint et dit :

— Je sais pas ce qu'il voulait, mais il a demandé à voir les juges... Peut-être qu'il veut sauver sa peau en faisant des révélations sur les Anglais ou sur les Iroquois. Ça m'étonnerait pas !

Et ce fut pour Jeanne un autre départ au triple galop vers la lumière et vers la joie. Si le trappeur

159

était libéré, pour quelle raison n'exigerait-il pas qu'elle le fût avec lui ?

Elle passa une journée terrible, prise entre l'angoisse qu'il ne partît seul et la certitude qu'il ne pouvait plus se passer d'elle.

Lorsque le condamné eut regagné son cachot et que sa grille eut été refermée, le manchot vint apprendre à Jeanne que son amant avait seulement accepté de lui confier qu'il aurait dans deux jours la réponse à sa demande.

— Espère, dit le manchot. Je ne sais pas ce que c'est, sa demande, mais je suis certain qu'il t'a dans la peau. Y prépare quelque chose. Ça se sent... Ça se voit dans ses yeux... Moi, je suis prêt à parier qu'un malin comme lui se laissera pas mettre la corde au cou. C'est un trappeur, ce gars-là, c'est pas un gibier !

Et Jeanne continua d'espérer. Elle avait de nouveau perdu le sommeil, mais ce n'était plus à cause de la peur qui lui nouait le ventre et lui serrait la gorge. Sa poitrine se gonflait à l'idée de la liberté retrouvée. Elle voulait veiller pour se tenir prête à suivre Anatole Lepelletier au moindre appel. Sa certitude de le rejoindre dans la fuite était telle que tout son corps appelait cet homme solide et brutal. Elle était tellement tendue vers lui qu'elle en vint même à se refuser au manchot qui continuait pourtant de lui apporter à manger en disant :

— T'es pas gentille... Je t'ai rien fait, moi... Je te veux que du bien... Qu'est-ce que t'as donc ?

Elle mentit :

— J'ai mal... La dernière fois, tu m'as fait mal. Attends que ça passe. Ce sera pas long.

Elle s'était mise à aimer Anatole au point que pour rien au monde elle n'eût accepté de se donner à un autre. Il lui semblait qu'elle n'avait jamais aimé que lui. Tout ce qu'elle avait connu dans le passé ne comptait pas... Pour lui, pour leurs retrouvailles, elle se sentait redevenir vierge.

Jeanne éprouvait un tel besoin de pureté qu'elle s'était remise à prier. Elle demandait pardon au Bon Dieu de ses fautes, elle demandait à Marie de lui donner la force d'être toujours fidèle à celui qui allait la sauver. Elle demandait à Jésus le crucifié de lui épargner la potence.

Au terme des deux journées dont le manchot avait parlé, elle entendit les grilles et les portes, puis des pas. Elle crut reconnaître celui de son amant, son cœur se serra un instant mais la joie la reprit. S'il sortait, elle ne tarderait pas à le rejoindre. Elle avait l'absolue conviction qu'il ne pouvait pas s'en aller sans elle.

Quelques minutes passèrent, puis le manchot arriva avec de la paille sèche. Il la mit en place, enleva à la fourche celle qui était souillée. Comme il ne disait rien, Jeanne demanda :

— Alors ?

— Ma foi, je crois que c'est bon signe. Il est sorti libre... Il m'a dit... Enfin, il va sûrement s'occuper de toi... Sois tranquille...

Il partit très vite sans rien ajouter, et Jeanne demeura fort troublée. Lui cachait-il quelque chose de désagréable ? Non. Sans doute n'avait-il pas voulu dire la vérité pour que nul jamais ne pût l'accuser de complicité. Décidément, cet être-là était d'une affligeante lâcheté. Jeanne eut envie de rire en pensant qu'elle avait un moment espéré qu'il l'aiderait à s'évader et s'enfuirait avec elle.

Seigneur ! qu'eût-elle bien pu tirer d'un tel individu ?

Toute la nuit ne fut qu'une fièvre. Fièvre d'espérance, de peur, de prière, de foi, d'amour, de haine refoulée, de désir fou. Toute la nuit. Et la journée du lendemain encore avec une interruption d'un sommeil lourd, vide de rêves, qui la conduisit jusqu'au seuil d'une autre nuit.

Plus calme, à la fois résignée et pleine de certitudes heureuses, elle ne dormit que très peu.

Mais elle dormait, à l'aube, lorsque la porte s'ouvrit et qu'approchèrent des pas.

D'un bond, elle fut debout. Sa gorge se serra si fort qu'elle ne put même pas laisser filer une plainte lorsque le manchot ouvrit sa grille et s'effaça pour laisser passer deux soldats dont l'un portait une torche et l'autre une épée.

Derrière eux, entra Anatole Lepelletier qui avait revêtu la tunique rouge de l'exécuteur des hautes œuvres. Leurs regards se croisèrent et, aussitôt, la terreur qui avait envahi Jeanne fondit pour laisser place à une intense jubilation.

Dans sa tête, des mots se mirent à sonner comme

162

un carillon de fête. Des mots qu'ils avaient échangés au bord du Saint-Laurent, la nuit où le pauvre Marcel était mort, tué par sa propre jalousie. Elle se les rappelait. Il lui semblait que le trappeur les lui soufflait à l'oreille.

— Si on a des coups durs, tu m'emmèneras, dis ?

— Bon soir, tu sens donc pas comme je tiens à toi. J'irais te chercher n'importe où. Je sais bien que t'es le diable, mais je t'ai dans la peau.

Un homme qui avait dit cela pouvait-il trahir ?

Tandis que le trappeur lui liait les mains derrière le dos sans trop tirer sur la corde, c'est à peine si elle entendait le greffier lui rappeler qu'elle avait été condamnée à la flétrissure, au fouet jusqu'au sang et à la potence et que l'heure du châtiment avait sonné. En elle, une voix plus joyeusement sonore que le vent du printemps criait :

— Jase toujours, vieux fou, tu vas voir de quelle manière un coureur de bois fait évader celle qu'il aime !

Comme ils passaient la grille, le trappeur lui souffla à l'oreille :

— T'inquiète pas, ce sera pas long.

Pleinement rassurée, elle marcha d'un bon pas. Comme la brailleuse l'insultait en riant et lui souhaitait bonne danse, Jeanne eut un haussement d'épaule et un sourire de pitié.

Tout au long de l'escalier et jusque dans la cour, elle fut poursuivie par des cris aigus et les injures de cette folle.

Le jour s'annonçait splendide.

163

Un grand ciel tout d'une pièce étalait de l'or au-dessus de la cité déserte. Pas âme qui vive dans les rues alors que, les jours d'exécution, il y avait toujours des gens aux fenêtres pour voir passer les condamnés.

Est-ce que le greffier et les soldats étaient complices du trappeur ? Et le charretier au dos voûté qui tirait son mulet par la bride ?

Anatole la fit monter dans la charrette et lui passa autour du cou les deux tortouses et le jet. La sensation de froid fut désagréable. Elle frissonna, mais elle se dit qu'il convenait sans doute de donner le change jusqu'au dernier moment.

Le Saint-Laurent miroitait au pied de la cité. Il avait cessé de charrier ses glaces et tout au long des rives les arbres verdissaient. Sans doute l'un des bateaux qui se trouvaient au port était-il prêt à mettre à la voile pour les emmener. Le vent venait du sud-est. Il poussait vers l'aval... Vers l'océan... Vers la Normandie.

Est-ce que le trappeur avait conclu un marché avec les Anglais ?

La charrette descendit par les rues tortueuses. Elle cahotait sur les pavés. La ville était tellement déserte que Jeanne, après un moment, en éprouva un peu d'inquiétude. Ils avaient bien pris le chemin qui conduit à la Place Basse. Les pavés de plus en plus gros secouaient la charrette dont le roulement ferré emplissait le matin d'un long bruit de tonnerre.

Ils avaient atteint la ruelle qui débouche sur la

place. Jeanne éprouva comme une blessure en pleine poitrine. Elle crut un instant que son cœur s'arrêtait de battre, transpercé par une lame.

La Place Basse était tellement chargée de monde que c'est à peine si le passage de la charrette était possible. Au centre, un espace de quelques pieds carrés avait été ménagé où se dressait la potence. A côté, un feu de bûches flambait clair.

Il y eut comme un frisson sur ces gens assemblés. Un vent de frénésie fit remuer les têtes et monter une clameur. Les cris de mort et de torture dominaient.

Jeanne regarda le trappeur qui baissa la tête. Elle lança seulement :

— Salaud !

Mais le bruit était tel que, sans doute, l'autre n'entendit rien. Comme si cette insulte l'eût libérée de tout, la condamnée éprouva presque une sensation de soulagement.

Elle allait mourir et tout serait fini.

Durant la courte distance que parcourut encore la charrette au milieu des huées, elle vit défiler toute sa pauvre existence depuis son enfance jusqu'à cette dernière matinée où le soleil était si beau.

Un court instant, l'image de Marcel fut présente. Allait-elle le rencontrer quelque part sur la route de l'autre monde ?

Elle eut encore le temps de regretter que depuis qu'il avait quitté cette terre de misère, jamais elle n'eût prié pour le repos de son âme.

Et puis, à une vitesse qui donnait le vertige, des

images se mirent à se succéder dans sa tête bourdonnante. Sa petite enfance, bien plus loin que ne portait d'habitude sa souvenance, son père écrasé par un arbre, sa mère morte du mal de poitrine... Oh! ce souvenir de sa mère, ce regard, cette tendresse...

Comme on l'obligeait à descendre, ce fut à nouveau la peur qui l'étreignit. Elle venait de voir le manche d'un fer sortant du brasier fumant. Elle voulut résister, mais la poigne des soldats était solide. Il y eut des rires dans la foule, mais Jeanne n'écoutait plus vraiment. Le tumulte était bien plus intense en elle que sur cette place où bouillait la haine.

On lui arracha tout un côté de son caraco pour découvrir son épaule droite. On la tira vers le foyer. Elle fut forcée de s'agenouiller. La tenant par ses longs cheveux, une main la contraignit à baisser la tête si bien qu'elle ne put voir qu'une ombre s'avancer sur le pavé. La brûlure fut atroce. Le grésillement des chairs couvrit les injures lancées par la populace et le bruit qui vivait en elle.

Le cri qui jaillit de sa poitrine dut s'entendre jusque sur l'autre rive du Saint-Laurent.

On l'obligea à se relever pour la pousser contre la roue de la charrette où elle fut attachée par ses coudes écartés et ramenés en avant. Son visage était contre le lourd bandage de bois cerclé de fer. Le moyeu lui entrait dans le ventre. Le reste de son caraco fut arraché, découvrant tout le

large de son dos. Il y eut encore des rires et des cris
où elle perçut :

— Belle pute !

— Jolie garce !

— Fille de rien !

— Traînée !

Les coups se mirent à pleuvoir, mais la brûlure
de son épaule était beaucoup plus douloureuse que
ces pincements. Le fouet, elle l'avait plusieurs fois
enduré durant son enfance, et, même au moment
où le sang se mit à ruisseler sur ses reins, elle ne
poussa pas un cri.

Comme on la déliait, le trappeur se trouva
devant elle. Jeanne n'eut pas à réfléchir, un crachat
partit qu'il reçut en pleine joue. La foule hurla plus
fort. Jeanne éprouva une fugitive impression de
victoire.

C'est alors que le confesseur s'avança, un crucifix
à la main. Parce qu'elle avait, durant ces dernières
semaines, prié davantage et avec plus de ferveur
qu'elle ne l'avait jamais fait, Jeanne éprouva le
sentiment qu'elle avait été trahie par celui dont on
lui présentait l'image douloureuse. Elle eut de
nouveau envie de cracher, mais une espèce de lueur
la traversa soudain. Quelque chose qui tenait de la
douleur et de la joie.

Des larmes coulèrent de ses yeux.

Elle ne put saisir ce que lui disait le pasteur. Elle
bredouilla des mots sans suite puis elle ferma les
yeux.

Lorsqu'elle les rouvrit, le prêtre s'était effacé et il

sembla à Jeanne que plus rien n'avait d'importance.

Elle regarda le bras de la potence tendu en
travers le ciel. Un bras bien plus monstrueux
que ceux de la croix de Jésus.

Comme un soldat la poussait en direction de
l'échelle, elle se tourna vers lui et, le foudroyant
du regard, elle lança :

— Me touche pas, ordure !

L'homme lâcha son bras. Avant qu'un autre
eût pu faire quoi que ce fût pour l'aider, elle
était au pied de l'échelle. Le bourreau dut la
repousser un peu pour monter avant elle et l'attirer à lui en prenant les tortouses. Elle leva la
tête dans l'espoir de pouvoir une fois encore
empoigner son regard, mais ce fut en vain.
Cette dernière satisfaction ne lui fut point
donnée.

Elle gravit les échelons. Elle vit encore, très
loin, la fuite du fleuve vers l'aval où flottait
déjà une brume de chaleur et de lumière.
L'idée la traversa que cette journée était un
beau temps pour aimer. Elle murmura :

— Bonne Sainte Vierge, pardonnez-moi.
Accordez-moi d'être plus heureuse au ciel que
je ne l'ai été...

Elle ne put en dire davantage. Un grand
choc la secoua tout entière. La lumière s'inten-
sifia soudain. Le fleuve et le ciel basculèrent
pour se confondre en un seul éclat bleu. Un
immense éclat pareil à l'océan qu'elle avait tra-

La bourrelle

versé pour s'en venir de l'Ancien Monde vers le Nouveau, le Nouveau dont on parlait comme d'un paradis terrestre.

Québec, 4 mars
Paris, 15 avril 1979

Mes sources de documentation pour cette nouvelle ont été les bibliothèques de Québec et Montréal, et particulièrement l'excellente étude que M. André Lachance a consacrée au « Bourreau au Canada sous le régime français », étude publiée par la Société historique du Québec.

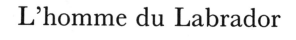

L'homme du Labrador

A Jacques Truphémus qui peint l'univers
à travers les vitres embuées
d'un bistrot de Lyon.

Bernard Clavel

On a beau donner à manger au loup,
toujours il regarde du côté de la forêt.

Ivan Tourgueniev

1.

Fɪɴ novembre 1937. Le milieu d'un après-midi. Un brouillard lourd monte de la Saône à la rencontre du crépuscule, vernissant de pauvres reflets lcs pavés à têle de chat.

Une serveuse rousse et potelée trie des lentilles sur une tirette de bois derrière le comptoir du café des Trois Maries. Lorsqu'elle entend approcher un pas, elle lève les yeux. Des gens passent sans regarder, d'autres tournent la têtc avec un petit signe auquel la rouquine répond d'un hochement de tête qui anime d'une vague de feu la lourde toison coulant sur ses épaules. Dans une rue étroite du plus vieux quartier de Lyon, ce bistrot étire la nuit de l'aube au crépuscule durant toute la saison sombre. En été, lorsque approche midi, il arrive qu'on puisse éteindre la lampe pour une heure ou deux.

Le grincement du bec-de-cane et la vibration des vitres font lever le regard de la serveuse. Elle n'a rien entendu approcher. Un homme qui doit marcher sur des semelles de crêpe essaie d'ouvrir. La rouquine lui fait signe de pousser. La porte cède en grognant, toute secouée de bas en haut d'un long frisson. L'homme descend la marche et se retourne pour fermer.

— Faut soulever un peu, dit la fille. L'humidité fait gonfler le bois. Les gens ont l'habitude.

Le revers d'eau où la peinture grise s'écaille force sur la pierre du seuil. La porte fermée, l'homme se retourne en souriant et dit :

— Pas moi.

La serveuse semble ne rien comprendre, alors il ajoute :

— J'ai pas l'habitude, moi.

Elle le contemple de la tête aux pieds comme s'il tombait de la lune. L'air absent, elle observe :

— Sûr que vous êtes pas d'ici. J' vous aurais vu une fois, j' vous remettrais !

L'homme est de ceux qu'une fille n'oublie pas. Long et mince, barbe noire un peu folle mais qu'on devine soignée sous un apparent laisser-aller. Regard vif et profond à la fois, plus sombre encore que le poil. Le sourire découvre de larges dents blanches parfaitement régulières. Sa taille mince est serrée dans un manteau de cuir fauve à large ceinture qu'il déboucle et laisse pendre. Sous le cuir, un pantalon et une veste de velours côtelé rouille. Une chemise bordeaux ouverte sur une touffe de poil frisé. Lorsqu'il enlève pour le lancer sur le marbre d'une table son feutre brun à bord semi-roulé, sa chevelure ondulée est un instant comme habitée de vent, animal soyeux soudain libre.

Laissant ses lentilles, la serveuse s'est levée. Sa main droite a empoigné une petite serpillière grise qu'elle passe et repasse sur le zinc luisant. L'inconnu la fixe un moment, à demi souriant, puis son regard se pose sur la main dont il suit un instant le lent va-et-vient.

— C'est propre. Vous pouvez me servir.

Il y a une lueur d'ironie dans sa voix chaude. La serveuse range sa serpillière sur l'égouttoir, essuie ses mains avec le torchon à verres et demande :

— Qu'est-ce que vous prendrez ?

— Blanc cassé, s'il est bon.

— Il est bon. C'est l' patron qui va le chercher.

— Où donc ?

— J' sais pas au juste. Mais c'est sûr qu'il est bon, tout l' monde le dit. Et y a des connaisseurs.

Dans un petit verre à pied, elle verse un fond de cassis huileux puis du vin jusqu'à ras bord. Le mélange s'effectue avec des remous rose et or. Avant de boire, l'homme hésite. Il soulève le verre puis le repose pour fixer presque durement les yeux bruns de la jeune femme. D'une voix plus sourde, il demande :

— M. Wallace aussi le trouve bon ?

— Qui ça, vous dites ?

Le large visage rond tout piqueté de son et le petit nez retroussé reflètent un grand étonnement. Ce nez-là doit toujours avoir l'air surpris, même quand il dort.

— Wallace, répète l'homme. Dillon Wallace...
Un Américain. Un grand costaud. Avec l'accent
qu'il a, vous pouvez pas le prendre pour un
Lyonnais.

Son front bas plissé par l'effort, la rouquine
réfléchit un instant, puis fait aller sa tête de gauche
à droite d'un mouvement qui déclenche la tempête
dans sa toison. Elle affirme :

— J' vois pas d'Américain par ici... Jamais vu
ça. Y a des Italiens, ça manque pas. Et qui braillent
tous contre Mussolini pour qu'on leur casse pas
leurs vitrines... des bicots... Des primeurs espagnols
et même des réfugiés. Mais votre je sais pas
comment...

— Wallace. Dillon Wallace.

— Ben celui-là, j' vois pas. Ça fait plus d'un an
que je suis ici, je peux vous dire que j'ai jamais
entendu ce nom-là. Jamais !

Depuis qu'il est entré, l'homme s'est tenu
accoudé au comptoir, laissant pendre sa main
gauche que la serveuse n'a pu remarquer. Chan-
geant de position, il étale cette main sur le métal
gris. L'index, le majeur et l'annulaire sont amputés
des deux premières phalanges.

— Dillon Wallace, c'est les deux mains qu'il a
comme ça. Et encore plus courts, les doigts.

La fille a du mal à avaler sa salive. Un moment
de silence se fige, martelé par le goutte-à-goutte du
robinet sur le zinc. La main de l'inconnu est
immobile, comme une question qui attend sa
réponse.

178

— Alors là, sûr et certain que j' l'ai jamais vu, votre gars. Ça m'aurait frappée. Les gens, j' les regarde, moi. Vous pensez, une chose pareille!

La main se ferme et se retire lentement. L'homme reprend sa position première. Il boit une petite gorgée tandis que la rouquine l'observe, l'air inquiet, les lèvres serrées sur une question qu'elle finit par lâcher :

— C'est quoi? Un accident?

L'homme soupire longuement. Son visage s'éclaire d'un sourire, ses yeux se plissent et son regard transperce les murs enfumés pour s'en aller loin, à des milliers de kilomètres. Il émet un ricanement qui semble vouloir dire : « Accident! Pauvre gourde. Comme si un type comme moi pouvait être victime d'un banal accident! »

— Non, dit-il gravement : gelure!

— Des engelures! Oh là là! Mais comment vous avez fait votre compte?

Un autre silence s'étire pour laisser à l'homme le temps d'un voyage, puis un mot tombe :

— Labrador!

Le mot emplit le petit café des Trois Maries. Il semble trop gros, trop chargé d'étrangeté, trop lointain pour ce vieux quartier tout enveloppé d'odeurs de moisissures et d'égouts.

— Labrador!

L'homme a répété le mot d'une voix plus basse, écrasée de fatigue. Sa main droite soulève le verre presque plein. Tout à l'heure, elle était ferme. A présent, elle tremble et du vin coule sur la banque.

L'homme s'incline en avant pour ne pas se tacher et vide d'un trait son verre qu'il pose en lançant :

— La même chose. Et si vous voulez en prendre un, c'est de bon cœur.

— J'aime mieux un café.

— J' vous l'offre.

— Merci bien.

Elle sert le blanc cassé puis se retourne vers un énorme percolateur de cuivre et de nickel tout luisant. Son reflet et celui du client se déforment et se confondent sur le ventre de l'appareil qui crachote. Lorsqu'elle se retourne avec sa tasse fumante, l'homme demande :

— Vous savez ce que c'est, j'espère ?

— Quoi donc ?

— Le Labrador.

Elle paraît gênée d'avouer son ignorance mais finit par dire :

— J' vois pas très bien.

— Vous n'êtes pas la seule.

L'homme semble s'être repris. Sa main ne tremble plus, son regard est tout illuminé. On dirait qu'il vient soudain de découvrir une merveille.

— Vous voyez l'Amérique ?

— Ma foi...

— Donnez-moi un bout de papier.

La fille fait deux pas à droite, ouvre un tiroir qui sonne, en tire un petit bloc marqué Suze. Elle le pose devant l'homme avec un crayon. La main amputée se montre de nouveau et vient tenir le bloc tandis que la droite dessine une espèce de double poire. Le crayon se pique au milieu de la poire supérieure.

— Ça, c'est les États-Unis.

Il monte.

— Le Canada.

Il monte encore en allant vers la droite.

— Là, c'est le Labrador.

Il dessine un petit ovale.

— Tout près : Terre-Neuve. C'est une île.

— Terre-Neuve, j'ai entendu parler. C'est là qu'on pêche la morue.

La rouquine semble fière de son savoir. Elle ajoute :

— C'est pas la porte à côté !

— Non !

Le crayon sort du papier et va se poser sur le zinc, à au moins deux largeurs de main.

— La France est là, dit l'homme. Alors, vous voyez que c'est pas tout près.

— Vous êtes allé jusque là-bas ?

— Avec mon ami Wallace... Et je vais y retourner. Mais avant, faut que je retrouve ce bougre-là. Il a des papiers pour moi.

— Il est à Lyon, vous croyez ?

— On s'est quittés à Nantes. Il m'a dit : En novembre je serai à Lyon. Tu passes au café des Trois Maries, et tu me demandes. Si je suis reparti, j'aurai laissé un mot à la serveuse.

— Moi, j'ai mon mardi. S'il est venu un mardi, il aura laissé le mot au patron. Il l'aurait mis dans la caisse.

Elle ouvre de nouveau le tiroir qui sonne.

L'inconnu incline son long corps par-dessus la banque pour regarder. Il n'y a là que quelques billets, des pièces près d'un autre bloc marqué Suze.

— Vous voyez, y a rien.

— Il vient quand, le patron?

— Y passe tous les soirs, à la fermeture, vers dix heures, pour prendre la recette.

— C'est bon, je reviendrai ce soir.

D'un large geste rond, l'homme ramasse son chapeau, se coiffe et sort sans se retourner.

2.

LE reste de l'après-midi et la soirée se sont écoulés avec le va-et-vient des habitués, ponctuels au café comme à un travail, appliqués à boire toujours la même chose et de la même manière. La rouquine a versé un diabolo menthe au garçon épicier qui parle toujours de cinéma. La semaine dernière il est allé voir *Pépé le Moko,* il est tombé amoureux de Mireille Balin dont il a deux photographies dans son carnet de commandes. Tout de suite après lui, sont arrivés deux retraités qui se passent leurs journaux. Ils se sont chamaillés à propos des Croix-de-Feu, de La Rocque et du procès sur les fonds secrets versés par Laval ou Tardieu. La serveuse a trouvé qu'ils avaient bien tort de se disputer pour des gens dont tout le monde sait qu'ils ne valent pas la corde pour les pendre.

Les deux vieux s'en sont allés en continuant leur discussion, la rouquine a servi le petit marchand de bâches qui n'enlève son mégot ruisselant de ses énormes lèvres que le temps d'y porter son verre de

183

Pontar, puis le bourrelier de la rue Saint-Jean qui avale son grand rouge en deux goulées ; elle a donné le tapis, les cartes et les jetons avec deux pots de beaujolais aux quatre beloteurs qui arrivent chaque soir à huit heures pour s'en aller à la fermeture. Elle a reçu les uns et les autres avec les mêmes mots et les mêmes gestes, mangeant entre-temps le pain, le fromage et la pomme qui lui tiennent lieu de dîner.

Routine rarement troublée par le passage d'un étranger au quartier. Les gueules d'ailleurs, on ne les voit que le matin, à cause du marché de gros qui se tient sur le quai. Petit courant tranquille de la vie engoncée dans cette fin d'automne humide. Mais ce soir, la serveuse n'avait pas tout à fait son air de tous les jours. Elle guignait sans cesse du côté de la rue. Servant le café que le droguiste vient prendre à huit heures dix, elle a oublié de lui donner sa goutte de lait. M. Sauter, un Suisse installé là depuis des années, n'a rien perdu de ses habitudes. Il a grogné :

— Tu rêves ? Est-ce que tu attends un amoureux ? Et mon lait, mignonne !

La fille a haussé les épaules. Le visage soudain plus rouge, elle s'est retournée en hâte pour prendre le pot. Les joueurs de cartes et les autres ont ri très fort avec le Suisse.

Il est dix heures moins le quart quand le patron arrive : un petit homme dans la soixantaine, tout en peau et en os avec un visage anguleux perpétuellement en mouvement. Son crâne blanc garde la marque rose de la casquette en toile cirée qu'il enlève et va poser avec son imperméable, sa veste, dans la minuscule souillarde aveugle prolongeant la salle, derrière le bar.

Tout de suite après lui, l'inconnu entre. Les beloteurs s'immobilisent, l'atout en suspens, muets ; Magnin, le miroitier, qui sirotait au comptoir son troisième petit marc, recule de deux pas, son verre à la main. Le visage de la serveuse s'est empourpré de nouveau et son regard de feuilles mortes vole dix fois, très vite, de son patron à ce nouveau venu qui a lancé son feutre sur une table pour s'accouder au bar :

— Bonsoir la compagnie !

Les autres répondent : bonsoir. Le patron dit :

— Monsieur !

— Vous me donnerez un rhum.

Tandis que la rouquine se retourne pour prendre la bouteille à droite du percolateur sur la tablette de bois déverni et usé, l'homme poursuit :

— Alors, avez-vous des nouvelles pour moi ?

Le patron semble étonné. Les beloteurs qui se remettaient en mouvement s'immobilisent de nouveau. Le miroitier avance d'un pas, timidement, le cou tendu en avant pour observer le visage de l'inconnu. La serveuse fait un effort visible pour dominer son émoi et répondre :

— J'ai pas encore eu le temps d'en parler.

Le patron l'observe, interrogateur, mais c'est le grand barbu noir qui intervient :

185

— Pas grave. Vous êtes le patron ?

Le vieux approuve de la tête.

— Je me présente : Freddy Jacquier. Ami de Dillon Wallace. On a tenté ensemble la traversée du Labrador... Il a dû vous laisser un message pour moi ?

Le vieil homme est interloqué. Tous les plis de sa face se mettent à remuer, ses petits yeux sans couleur précise deviennent immenses le temps du premier étonnement, puis ils se plissent, tout de suite soupçonneux.

— Qu'est-ce que c'est que cette histoire-là... ?

Les deux beloteurs qui tournaient le dos ont pivoté sur leur chaise mais le miroitier n'ose toujours pas s'approcher davantage.

— Wallace, vous ne l'avez pas vu ?

En parlant, Freddy Jacquier étale sa main gauche sur le comptoir. La vue de ses doigts coupés semble aiguiser encore la méfiance du cafetier qui grogne :

— Jamais vu ça, moi.

— Un grand Américain avec les deux mains estropiées. On a gelé ensemble. Une sacrée aventure, vous pouvez me croire.

— Je veux bien vous croire, mais qu'est-ce que j'ai à voir là-dedans, moi ?

L'homme répète son histoire de message, et le patron affirme :

— Rien. Je suis certain.

L'inconnu paraît inquiet. Son front se plisse, son regard se perd dans l'insondable. Il réfléchit quel-

ques instants, puis, s'inclinant en direction du
patron et baissant le ton, il dit lentement :

— Dillon, je l' connais bien. Quand on a vécu
ce qu'on a vécu tous les deux, croyez-moi, on se
connaît. C'est pas un gars à manquer de parole.
S'il est pas venu, c'est qu'il lui est arrivé malheur.

Cet homme a une manière de prononcer certains mots qui leur donne un poids et un volume
effrayants. Voilà que ce malheur dont il vient de
parler et qui n'a pour personne ici ni visage ni
couleur envahit la salle. Il les écrase tous. Il
semble leur nouer les entrailles comme si chacun
venait de perdre un être cher. On annoncerait
qu'Hitler vient de faire son entrée dans le vieux
Lyon avec Mussolini et cent mille Chemises
brunes que ça ne surprendrait guère plus.

Durant un long moment, la fumée des cigarettes
est seule à vivre, voile flottant à hauteur des têtes,
noué de remous et traversé de courants. Les
respirations y ébauchent des chemins tortueux.
Un beloteur tousse, le miroitier se racle la gorge.
Sur les pavés, un pas ferré n'en finit plus d'approcher puis de s'éloigner.

— Il m'avait dit novembre, ça lui laisse trois
jours. S'il n'est pas venu mercredi, c'est râpé !

Freddy frotte sa barbe de sa main mutilée. Le
fait qu'il ait de nouveau parlé a légèrement dénoué
ce qui pesait si lourd. La rouquine enveloppe
quelque chose dans un journal. Le patron demande :

— C'était si important ?

187

— Important ?... Pour moi, c'est une question de vie ou de mort.

L'homme aux doigts coupés marque une pause pour s'assurer que tout le monde le suit bien, puis, plus calmement, comme s'il s'apprêtait à raconter une longue histoire, il reprend :

— Le Labrador, vous pouvez me croire, c'est une foutue terre de merde. Un putain de pays. Seulement quand il a commencé de vous couler dans les veines, c'est fini. Ce bled-là, c'est un vrai fauve. Y vous plante ses griffes dans la carcasse, et y lâche plus. J' lui ai laissé trois doigts, je sais qu'il veut le reste, mais j'y retournerai. Pas moyen de faire autrement. Wallace, lui, y peut pas. Il a pratiquement plus rien du tout aux mains, et les pieds, c'est pareil. Pourtant, y voulait repartir quand même.

La serveuse rousse qui n'a soufflé mot ni ébauché un geste depuis que Freddy s'est mis à raconter ne peut se contenir plus longtemps.

— C'est de la folie !

— Les savants appellent ça la fascination du Nord. Croyez-moi, nul n'est assez fort pour y échapper.

Les beloteurs ont carrément posé leurs cartes. Le miroitier s'est approché pour s'appuyer au zinc. L'homme poursuit :

— Tout le monde vous dira : fascination de l'or. C'est vrai : c'est souvent le point de départ. Mais ça devient vite secondaire. Moi je dis : quand on y a goûté, ce qui vous tient, c'est l'espace. Les vastes étendues. La neige qui vous soûle. Les loups. La forêt qui s'en va en diminuant jusqu'à n'être plus que du lichen. Une algue des terres glaciaires. Rien. Même pas de la vraie mousse... Vous pouvez pas savoir... La folie du vide. Un vertige en quelque sorte... Le fond du pays. Sa force. Sa grande vérité. Sa structure, c'est le vent... Bien plus important que l'or mêlé à la roche...

Juste au moment où Freddy reprend son souffle pour mener plus avant son récit qui les immobilise, la porte grogne et s'ouvre en vibrant. Une femme boulotte, sans âge, un fichu gris autour du visage, entre en demandant :

— Alors ? On oublie l'heure ?

L'épouse du miroitier. Tous les regards convergent vers la pendule Dubonnet dont les aiguilles ont tourné sans que nul ne s'en soucie. Dix heures vingt.

— Bon Dieu ! lâche le patron. C'est pas tout ça. Demain, y a fête à bras !

Les beloteurs se lèvent, la serveuse vient ramasser les verres et les cartes tandis que les clients sortent à la queue leu leu derrière la femme du miroitier. L'homme du Labrador prend son chapeau, s'en coiffe d'un geste trop ample pour ce bistrot, puis se campe à mi-chemin de la sortie. Le patron s'est déjà habillé. La serveuse s'essuie les mains, passe un manteau vert pomme à large col ; elle emprisonne ses cheveux dans un fichu de coton rouge. L'homme sort après, comme s'il était de la maison. Il s'arrête le temps qu'elle ait déplié les

189

volets de bois, que le patron bloque à l'aide d'une tringle de fer et d'un gros cadenas.

— Salut, dit le patron en s'éloignant vers la gauche.

— Bonsoir, dit l'homme, je repasserai.

Le vieux cafetier s'en va d'un petit pas rapide et saccadé qui sonne sec entre les murs noyés d'ombre où rougeoient encore quelques fenêtres closes.

3.

Ils ont regardé le vieil homme, tout frêle et mal assuré sur le mauvais pavage, s'éloigner dans les lueurs troubles. Lorsque son pas a tourné l'angle, un beau silence s'est établi entre les murs dont le haut se confond avec l'infini de la nuit. Freddy Jacquier s'est tourné vers la rouquine pour demander :

— Vous allez de quel côté ?

Elle a fait un geste vers la droite en disant :

— J'habite rue du Bœuf.

Sans offrir de l'accompagner, il s'est mis à marcher à côté d'elle, au milieu de ccs ruelles étroites que les chats traversent comme des flèches à la poursuite de gros rats couinants. De vagues silhouettes apparaissent parfois dans les lointains de brume qu'éclairent les réverbères et la lueur filtrant des rideaux sombres de quelques fenêtres. Çà et là, un poste de T.S.F. laisse couler d'une traboule un air d'accordéon ou la voix d'une chanteuse. Tout paraît infiniment lointain dans cet univers feutré où flottent d'écœurants relents. Les talons de Sophie battent, accrochent parfois et grincent. L'homme du Labrador, sur ses semelles souples, marche du même pas silencieux que s'il foulait la neige fraîche des immensités.

Ils ont tourné un angle, puis un autre pour suivre à présent la rue Saint-Jean. Ils ont presque atteint la place du Change lorsque l'homme déclare :

— L'or, c'est vrai qu'on peut le ramasser à la brouette, là-bas. Et pour un qui a déjà l'expérience du pays, c'est moins dur qu'on le dit.

Elle ne souffle mot, simplement, elle s'est rapprochée à le frôler du coude.

— Faut voir, ce pays-là, c'est un monde !... L'enfer. L'enfer avec toujours la promesse du paradis. On peut pas imaginer...

Il s'arrête de parler le temps de quelques pas, mais tout en lui montre qu'à l'intérieur, il poursuit sa quête sur cette terre lointaine. La clarté des étendues blanches éclaire son visage, la profondeur insondable des vastes plateaux se reflète dans l'eau noire de son regard.

— Sur le lac Michikamau, on a fait près de deux cents kilomètres à la recherche des Indiens Naskaupi. Dillon comptait sur eux pour nous servir de guides. Moi, j'y croyais pas. J'étais pour qu'on prenne une autre voie de pénétration, mais Wallace a une tête de pioche. Comme il faut toujours un chef dans une expédition, on s'était mis d'accord ; en cas de litige, il l'emportait. Normal. La carte, c'est lui qui l'avait dressée avec les documents géologiques qu'un vieil Indien lui avait vendus, à New York. Sans doute un qui avait fait la peau d'un géologue... Wallace avait payé recta. Le reste nous concernait pas. On n'est pas flics. Aux tuniques rouges de faire leur boulot.

Ils viennent d'atteindre le milieu de la rue du Bœuf, plus étroite et plus sombre encore que les autres. Un chien renverse à grand bruit une lessiveuse d'où déferle vers la rigole un flot d'ordures. L'animal se sauve. Le silence est tel après ce vacarme que l'on perçoit nettement le grignotis des pattes griffues sur les pavés.

— C'est là, souffle la serveuse.

Elle ne l'invite pas à entrer, mais elle ne fait rien qui exprime son intention de le laisser dehors. Il se frotte la barbe un instant avant de demander :

— Comment tu t'appelles ?

— Sophie... Sophie Marion.

Sans l'ombre d'une hésitation, il décrète :

— Tu t'appelleras Nelly. Je préfère.

La rouquine a un geste qui signifie qu'à ses yeux, ça n'a aucune importance.

Comme elle ébauche un mouvement pour s'approcher de l'entrée d'une traboule, il lui prend le bras et l'oblige à faire face. Son regard est plus noir, plus dur dans la mauvaise lumière qui accentue ses traits. A voix basse, un peu sifflante, comme angoissée, il demande :

— Le Labrador, ça t'intéresse, toi ?

Nelly hésite. Son visage rond s'est légèrement creusé. Son œil s'affole un instant, sautant d'un

193

point à l'autre de ce visage qui doit l'effrayer un peu. Elle murmure, comme pour chercher une excuse :

— Est-ce que les femmes peuvent...

Il l'interrompt :

— Pas question que tu fasses partie de l'expédition, c'est trop dur. Mais y a un poste, avec des maisons, sur la côte. North West River Post, ça s'appelle. C'est là qu'on débarque en venant de Terre-Neuve. Faut qu'on y laisse quelqu'un pour s'occuper des réserves et organiser tout en notre absence. Ça, tu pourrais ! Peut-être appeler du secours si on est mal embringués.

Nelly hoche la tête. Freddy répète :

— Ça, tu pourrais... Et tu aurais part égale du butin quand la mine serait exploitée.

— Tout de même, souffle Nelly, c'est quelque chose !... Et si loin. Doux Jésus !

Elle n'a formulé aucun accord, mais déjà tout en elle exprime la soumission. Chaque fois que l'homme prononce un nom comme Saint-John's en Terre-Neuve, James Bay ou North West River Post, son regard se noie dans l'inconnu. Ses paupières battent. Les ailes de son petit nez en pied de marmite frémissent comme si elle respirait déjà ce terrible vent du nord porteur de flocons acérés et de lames glaciales. Il faut un long moment de silence avant que sa tête ne fasse oui lentement, non point comme à regret, mais au contraire avec quelque chose de parfaitement assuré.

De la même manière que s'il la poussait déjà vers

la passerelle du bateau, le barbu la fait pivoter en direction de l'entrée qui ouvre sur une obscurité épaisse d'où coulent des remugles de vaisselle et d'urine.

— Allons, dit-il.

Et elle va en disant :

— Y a pas d' lumière, faut te laisser mener.

Le prenant par la main, elle le guide entre ces murs suintants, puis par un escalier en colimaçon qui n'en finit plus de se visser dans les hauteurs de la nuit.

Ils montent lentement, posant les pieds où les marches de pierre usées sont le plus larges. Enfin, ils atteignent un couloir où pénètre par une lucarne une vague lueur. Nelly s'arrête, lâche la main de Freddy et fait tourner sa clef dans une serrure qui claque comme une tapette à rats.

4.

ILS sont là depuis plus de deux heures, et l'homme du Labrador n'a guère cessé de parler. Dès que Nelly a ouvert la porte, il a fait du regard le rapide tour d'horizon d'un être habitué à tout jauger en un éclair. Il n'y a d'ailleurs, entre les murs d'un jaune pisseux de la mansarde, qu'un lit de fer étroit, une chaise paillée, un tabouret peint en gris, une commode à trois tiroirs dont le placage se décolle et une table de cuisine où sont empilés des exemplaires de l'*Écho de la Mode* et du *Progrès de Lyon*. L'homme a tout de suite pris la chaise. S'asseyant à la table, il a demandé :

— As-tu du papier ?

— Dans le tiroir, regarde.

Il a pris le bloc de papier à lettres rose. Sans perdre de temps, il s'est mis à dessiner. Il lui a fallu deux feuilles bout à bout pour faire tenir un long tortillon d'encre violette avec des boursouflures, des pointillés, une tache très allongée en bas à droite et une autre, plus grosse, en forme de

marguerite irrégulière tout en haut sur la gauche. Il
a dessiné en silence, avec une application de bon
écolier, tenant le papier de sa main mutilée.

Rien. Pas un mot. Seulement un soupir de loin en
loin et un léger hochement de tête.

Tout le temps qu'il a mis pour venir à bout de
son plan, Nelly s'est tenue debout, légèrement en
retrait pour ne pas faire de l'ombre sur la table. Son
dessin terminé, il se redresse pour se donner un
brin de recul et c'est seulement là qu'il semble
remarquer la présence de Nelly. Sa plume se pose
tout en bas de la page, à droite.

— Là, c'est North West River Post.

Il écrit en gros : N.W.R.P.

Nelly s'est approchée sans oser s'asseoir.

— Mets-toi de l'autre côté, tu me fais de
l'ombre.

Elle change de place. Elle écoute, suivant le
trajet avec un effort d'attention qui plisse son petit
front où tremble une mèche. La plume remonte
lentement les sinuosités.

— Ce que tu vois ici, c'est Grand Lake.

Il met : G.L.

— Tout au bout, t'as une cabane de trappeur.
On sait pas par qui elle a été construite, mais y a
toujours eu du monde pour l'empêcher de s'écrouler. Tu croirais pas, elle est comme neuve.

— Et y a personne dedans ?

— En ce moment, le gars qui vit là, c'est un
Canadien anglais. Dickson Mac Ferlan. Un type
dur. Pas facile à aborder. Tu croirais un bouledo-

gue. Tout juste si y te dit trois mots. Mais question de t'aider si t'es mal pris, tu peux y aller. Ces gens-là, ça connaît le Nord. Ça sait les risques. C'est pas eux qui laisseraient crever un égaré... C'est lui qui m'a aidé à sauver Wallace... Sans lui, c'était tordu.

Il se tait un instant. Il doit revivre des heures pénibles et Nelly respecte son silence. Quelque chose de mystérieux s'est tendu dans la pièce. Un fil ténu qu'un rien suffirait à rompre.

La plume trace une croix.

— De là, t'as deux rivières que tu pourrais remonter. Mais faut surtout pas. C'est Crooked River et la Susan. Ça mène à rien du tout. Des roches nues comme cette feuille et tout usées par un vent à foutre un orignal par terre... Le vent, dans ce pays, tu peux pas t'en faire une idée.

Il se tait encore, sans doute pour retrouver en lui les hurlements sinistres de ce vent qui l'appelle.

— Donc, faut pas prendre là, ni là. Ce qu'il faut, c'est remonter Naskapis River. Ça se fait assez bien. Évidemment, c'est pas la Saône. Même pas le Rhône en amont de Lyon. Tout ce que tu pourrais voir par chez nous, c'est de la roupie de macareux à côté.

— De quoi, tu dis ?

— Macareux. C'est un bel oiseau de là-bas. Si tu viens, t'en verras. Et t'en mangeras sûrement... Qu'est-ce que je disais ? Ah oui ! tous les torrents de par ici, c'est du gnangnan à côté des rivières du Labrador. Des ruisseaux pour Éclaireurs de France. Si tu veux une idée, t'as qu'à te représenter le Rhône en dix fois plus mauvais. Avec des passages calmes comme le lac de la Tête d'Or en cent fois plus grand. T'as des endroits où c'est tellement de la furie qu'il te faut tirer les canots de l'eau et portager ton matériel sur des kilomètres et des kilomètres.

— Et les bateaux ?

— Tu les portes.

Nelly paraît incrédule. Elle a un petit sourire pour dire :

— Tu me fais marcher.

Il plisse le front. Son regard se durcit lorsqu'il lance :

— Est-ce que tu crois que j'ai tellement envie de te raconter des blagues ?

— Mais enfin, les bateaux...

— Je te dis qu'on les sort de l'eau pour les prendre sur le dos.

— Ça alors !

— Faut pas croire. C'est pas des barques de joutes. C'est des canots en écorce. On les achète à des Indiens. A deux, ça se porte assez bien. Seulement, c'est jamais du chemin goudronné, tu penses bien. Tout dans les broussailles, les éboulis, les rochers où il faut s'accrocher. Des endroits comme t'as jamais vu. Tu fais un voyage pour le canot, puis autant qu'il faut pour le fourniment.

— Tu parles d'une vie !

Il la regarde en souriant.

— Tu peux pas trouver plus formidable.

L'homme hésite un moment. Son visage s'est

assombri. Il se lève lentement comme s'il portait sur ses épaules la charge énorme du canot, des vivres et du matériel réunis. Lorsque sa main mutilée monte vers sa barbe qu'elle se met à pétrir doucement, elle est agitée d'un tremblement. Son œil est plein de lueurs inquiétantes. Il regarde à droite, à gauche, à la manière d'un animal traqué.

— Nous autres, dit-il, on s'est pas trompés. On a bien remonté Naskapis River. Dillon Wallace savait ce qu'il faisait. L'Indien de New York lui avait donné une bonne carte. Seulement...

Il se tait. Son silence pèse plus lourd que les charges qu'il a transportées sur les rochers du Nord. Levant vers Nelly des yeux pleins de détresse, il reprend :

— Faut que je t'avoue la vérité : on n'était pas deux... On était trois.

Il ferme les yeux un moment. Il doit regarder en lui, très loin, tout au fond de ce passé si chargé d'images dures. De sa voix qu'étrangle l'émotion, il reprend :

— Partis à trois, on n'est revenus que deux... Pourtant, le troisième, c'était quelqu'un. Un nommé Georges Elson, un Canadien. Wallace, il a quatre ans de plus que moi. Il a fait la guerre, lui. C'est là qu'il avait connu Elson, en 18. Un type solide qui prétendait connaître le Grand Nord comme sa poche. Va te faire foutre, ce qu'il avait vu, le gars, c'était un Nord de pacotille. Des forêts du genre calendrier des manufactures de Saint-Étienne. Il venait de Vancouver, sur la côte

200

Pacifique. Brave gars, mais côté tête, pas assez solide. Ça lui a coûté la vie et ça a foutu en l'air notre expédition.

Sa voix s'est désenrouée. Il semble que son émoi se soit atténué lorsqu'il poursuit :

— Je te raconterai comment il est mort. Je te jure, c'était pas drôle ! Pour l'heure, ce que je peux te dire, c'est que traîner un gars pareil à moitié gelé, c'était de la vraie besogne de bagnard. En plus, ce mec-là avait une espèce de carte à la gomme, dressée avant 1900 par un nommé Low. Un marin qui avait dû contempler le Labrador depuis la passerelle de son bateau, au large de Groswater Bay !

Freddy est secoué par un rire sarcastique. Nelly se met à rire également en répétant stupidement :

— Gros Water... Gros Water, tu parles d'un nom !

L'explorateur ne l'écoute pas. Déjà il a retrouvé son sérieux pour observer :

— Le Labrador, tout le monde croit que c'est de la rigolade. On oublie une chose : même James Cook, tu sais, le célèbre James Cook, n'a pas osé s'y frotter. C'est lui qui a fait les premiers relevés pour dresser une carte de la côte. Pour l'intérieur, peau de balle et balai de crin. Il a pas voulu s'y risquer, le monsieur. Le seul qui ait tenté le coup avant nous, c'est Henry Youle Huid. Un Américain qui voulait bouffer la terre en travers mais qui a pas dû aller bien loin... Mais je vais te dire, Nelly : pour avoir une vraie chance de réussir, faut constituer une équipe avec un gars d'ici. Un jeune. Sur place, je connais un trappeur qui peut nous aider. A mon avis, les Américains, c'est pas de la besogne pour eux. C'est des cow-boys, ces gars-là. Tant que tu leur demandes de conquérir l'Ouest à cheval, ça leur convient ; pour le reste, y valent pas un pet de caribou.

Il s'arrête. Il s'est excité un peu et semble avoir besoin de reprendre son souffle. Nelly respecte son recueillement quelques instants, puis elle demande :

— Un pet de quoi ?

— De caribou. Naturellement, tu sais pas ce que c'est. Eh bien, ça ressemble à un cerf, mais c'est plus gros ! Et ça court comme un lièvre. J'en ai tué pas mal... Sans le gibier, je serais pas là aujourd'hui. Les vivres, on avait à peine le quart de ce qu'il fallait. Et on en a perdu en route. Mouillés, moisis, attaqués par les bêtes... Les caribous, quand on en descend un, on mange dessus le plus qu'on peut, on en fume, on emporte des gros quartiers ; le reste, c'est pour les loups.

Nelly semble saisie d'effroi.

— Des loups ?

— C'est pas ce qui manque. Et pas commodes, je te jure. Tant que la neige est pas là, ça va, mais quand la faim les tient au ventre, vaut mieux les avoir à l'œil.

Le voilà qui se met à parler des loups. La rouquine se croise les bras. Elle se plaque les mains autour des épaules comme pour se protéger de la peur. Les fauves aux yeux de braise sont là, dans la pièce, le poil hérissé, la gueule largement ouverte sur des crocs à faire trembler un régiment de cuirassiers. Maigres et efflanqués, ils ont suivi les hommes à la trace pour finir par les rejoindre au bivouac.

Il faut entretenir un feu d'enfer pour les tenir à distance. Lutter contre la fatigue, le sommeil, le froid, l'engourdissement des membres. S'endormir, c'est délaisser le foyer et mourir la gorge ouverte par ces bêtes affamées. En tuer un ou deux, c'est perdre des cartouches qui risquent tôt ou tard de faire défaut. La meute ne s'éloigne que de quelques foulées pour revenir bien vite, plus compacte, plus menaçante. Le chapelet mouvant des yeux au regard glacial se resserre. Il est là, dans l'étroite mansarde où la serveuse claque des dents.

— Qu'est-ce que tu as ? La trouille ?

Elle fait oui de la tête et l'homme rit de bon cœur. Un beau rire qui éloigne tout de suite la meute. Un rire qui éteint également le feu de bivouac et fait que la mansarde reprend sa place sous les brouillards du vieux Lyon.

— T'as vraiment eu peur ?

— Oui... Un peu.

Il rit plus doucement, presque avec tendresse. Il a juste un petit mouvement à accomplir pour que son corps touche celui de la fille. Il l'attire contre sa poitrine et murmure :

— Nelly... Je savais que je te rencontrerais... On ira... Tu resteras à North West River Post... Tu attendras qu'on ait localisé le gisement. Quand ce sera fait, il se bâtira une ville tout près de la mine. Tu seras la reine de cette ville. T'auras tout ce que tu voudras. Tout et le reste.

Il lui prend la bouche, l'embrasse longuement en la poussant vers le lit où elle se laisse tomber. Le sommier et l'armature gémissent. C'est un concert de grincements. Un concert qui dure longtemps, longtemps, puis finit par s'apaiser.

Les vêtements sont par terre, de chaque côté du lit. Freddy et Nelly sont serrés l'un contre l'autre.

— Tu vois, observe l'homme, on serait sous une tente entre des peaux de bêtes, on aurait autant de place, pas plus. Et c'est pas le plumard que t'entendrais couiner, c'est les bêtes sauvages... Seulement, à l'intérieur du continent, les femmes y viennent pas. Jamais... Jamais, jamais...

Il égrène ces trois mots comme pour exprimer un pesant regret... Déjà son regard s'est éloigné, par-delà l'océan, sur cette terre où il a tant peiné, tant souffert mais dont l'appel semble lui aller jusqu'au tréfonds de l'âme.

5.

Les bruits les ont réveillés bien avant que le jour gris où serpentent des lueurs ne vienne éteindre les clartés d'en bas. La lucarne est trop en retrait du rebord de la toiture pour que l'on puisse voir la rue. D'ici, on ne découvre que le toit d'en face, puis d'autres derrière qui s'étagent. Par-delà la dernière gerbe de cheminées, le frottis des arbres dépouillés de Fourvière sur le glacis d'un ciel tout chargé du combat que le jour naissant mène avec la nuit obstinément collée à la ville. La respiration des fleuves monte jusque-là, unissant la cité au monde des nuées.

L'homme du Labrador est resté longtemps à contempler ce ciel. Il avait enfilé son cuir directement sur son corps velu. Encore couchée, Nelly l'a observé un moment sans oser troubler sa méditation. Comme il ne bougeait pas, elle a fini par se lever lentement, essayant en vain d'éviter les craquements. Elle a passé une robe de chambre à fleurs jaunes et rouges, elle a pris un broc dans un placard puis elle est sortie. Tout au bout du couloir où s'alignent les portes d'autres mansardes, il y a un W.-C. avec un robinet. C'est ce que la propriétaire appelle des chambres avec les commodités et l'eau courante.

La jeune femme s'enferme un moment, puis elle rouvre la porte pour emplir son broc et revient lentement sur le plancher de sapin aux nœuds proéminents. Les lames geignent. Elle ouvre la porte avec précaution. Freddy a quitté la fenêtre pour la table. Toujours couvert de son cuir, il se tient les deux coudes appuyés, la tête dans les mains. La carte qu'il a tracée hier est étalée devant lui. Sans se retourner, comme s'il poursuivait un dialogue commencé, il dit calmement :

— Le plus dur, ce sera en amont de Lost Trail Lake. Il y a un portage terrible. A part quelques Indiens, personne n'est jamais remonté aussi loin. Après ça, y a encore quelques petits gouyats de rien du tout. Ensuite, on est au lac Michikamau... C'est là que ça se tient. Là, mais va savoir où ? C'est grand comme trois départements... Si je retrouve pas mon Wallace, crois-moi, ce sera pas de la tarte !

Il se tait. Nelly est restée son broc à la main, à mi-chemin entre la porte et la table. Elle laisse couler quelques secondes avec le crépitement des carrioles sur les pavés, puis elle dit :

— M'en vas faire du café.

— Moi, c'est du thé que je prendrai.

— Ben oui, mais du thé, j'en ai pas.

Il se frotte la barbe en se retournant et hoche la tête.

— Peu importe. Quand on a connu ce que j'ai connu, un gobelet de neige fondue avec une poignée de n'importe quelle herbe dedans, tout fait ventre... tout fait chaleur.

Il se lève, son cuir s'ouvre sur son corps nu. Tout de suite Nelly pose son broc et se trouve contre lui. Ils sont sur le lit qui recommence sa chanson.

Après s'être lavée dans la grande cuvette émaillée qu'elle sort chaque fois d'un placard, Nelly vide l'eau dans un seau bleu à large rebord et à couvercle. Elle dit :

— C'est pas l' grand confort, chez moi.

— C'est mieux que le bivouac... Enfin, quand je dis mieux, je parle pour toi. Moi, pourvu que j'aie l'espace, le reste, je m'en contrefous.

Il se met à rire pour ajouter :

— Ici, l'espace, c'est plutôt maigre. Faudrait quasiment ouvrir la fenêtre pour enfiler sa veste. On peut pas faire autrement que de se retrouver l'un contre l'autre.

La jeune femme a sorti du placard une lampe à alcool qu'elle allume avant d'y poser en équilibre une petite casserole d'aluminium à ventre rebondi. Tandis que l'eau chauffe, elle prend place sur le tabouret pour moudre son café. Le bruit du moulin couvre celui de la rue et les empêche de parler. Tout nu, l'homme se lave dans la cuvette qu'il a posée sur la chaise. Nelly

rit en le voyant éclabousser partout. Elle s'arrête un
instant de moudre pour lancer :

— Tu te crois au bord de ton lac du Chiramau.

— Pas Chiramau, Michikamau !

— Michikamau.

Ils rient en chœur puis l'homme dit :

— T'es une chouette fille, toi.

Elle est en train de vider lentement la poudre
noire recueillie par le petit tiroir de bois dans le
haut de son filtre de terre vernissée. Il s'approche et
lui pose le bras sur les épaules. Elle se redresse, son
tiroir à la main. Le visage de l'explorateur est plein
de gravité. Il murmure en donnant tout le poids
qu'il peut à chaque mot :

— C'est vrai... Je savais que je te rencontrerais...
J'avais besoin de toi... Pour les grandes choses,
l'homme a besoin d'être soutenu.

Il hésite. Avance le buste comme s'il allait
l'embrasser, mais s'arrête à mi-chemin pour souffler :

— Besoin d'être compris, quoi.

Ils s'étreignent, puis, quand leurs lèvres se
séparent, Nelly murmure :

— Je crois bien que je t'aime.

Alors, Freddy la repousse à bout de bras et
plante son regard dans le sien.

— Mon pauvre petit, un homme comme moi,
c'est pas rien, tu sais... C'est pas rien.

6.

L'HOMME du Labrador est allé chercher sa valise. Il n'a pas dit à quel endroit et Nelly ne lui a rien demandé. Elle l'a accompagné jusque sur l'autre rive de la Saône, par le pont du Change, fière de marcher à côté de lui, puis elle est revenue par la passerelle du Palais. Comme chaque matin, à onze heures moins cinq elle était à son travail. Le patron lui a tout de suite tendu l'argent des commissions. Elle est allée acheter deux belles tranches de foie de porc, un pain fendu et un kilo de pommes rouges. Pour accompagner le foie, elle fera des nouilles.

Entre onze heures et demie et une heure de l'après-midi, c'est la grosse bourrée. Les gens se bousculent pour s'approcher du comptoir. Ce n'est pas le moment de traînasser. Le patron grogne sans arrêt. Il trouve la rouquine trop lente et l'appelle grosse paysanne. La jeune femme est de Courbouzon, petit village du Revermont tout proche de Lons-le-Saunier. Ces noms-là ont le don d'amuser les clients. La serveuse hausse les épaules, elle n'est pas fille de cultivateur. Son père qui était sergent-chef au 44 a été décoré à Verdun. Deux fois blessé. Il est responsable de la sécurité à « La Vache qui Rit ». Sa mère, qui fait les bureaux de la direction le matin, tient la maison du docteur l'après-midi. Nelly a un frère de deux ans son aîné mécanicien d'entretien dans la même usine. C'est une famille honorable et qui gagne bien sa vie.

Aujourd'hui, la rouquine paraît loin. Elle va son chemin de besogne dont les bornes, toujours les mêmes, sont des pots de beaujolais, des Pernod, des blancs cassés ou des cafés. Elle suit cette route sans surprise mais ses regards ne sont plus pour ce bistrot exigu. Ils ignorent les murs au plâtre labouré, à la peinture cloquée et fendillée pour s'en aller par-delà les limites ridicules de la cité et du continent vers des espaces dont les buveurs accrochés à leur verre ne soupçonnent même pas l'existence. Ces gens-là ne savent rien. Certains d'entre eux croient avoir vécu la grande aventure parce qu'ils ont passé quatre années dans la boue des tranchées, d'autres ressassent sans trêve les péripéties dérisoires de leur service militaire mais aucun jamais ne connaîtra de véritable évasion. Pour le moment, d'une table à l'autre, le centre d'intérêt se limite au paquet de Gauloises qui vient de passer de 2,30 F à 2,70 F, au souvenir des exploits de Lapébie dans le Tour de France, à un nommé Marx Dormoy qui aurait fait des révélations scandaleuses, aux discours incendiaires de cet Adolf Hitler qu'ils passent des heures à traiter de cinglé. Rien que des brouilles. Des petites choses sans aucun véritable intérêt.

Cent fois, la serveuse s'est portée jusqu'au seuil pour suivre des yeux un passant.

Le coup de feu terminé, elle s'est enfermée un moment dans la souillarde pour cuire la viande et les pâtes. Elle a ouvert une boîte de sauce tomate. Ils ont mangé face à face sur la table qui se trouve dans l'angle de la salle, collée à l'extrémité du comptoir puis, avant même que Nelly ait eu le temps de laver les assiettes, le patron a bu son café brûlant et s'en est allé en lançant :

— J' sais pas ce qui te revire dans la tête depuis ce matin, mais t'as vraiment l'air d'être ailleurs. Tâche moyen de te réveiller un peu tant que je serai pas là !

Elle a grogné en signe d'acquiescement et s'est empressée de faire la vaisselle, les verres, passer la loque sur les tables, le balai dans la salle déserte. A chaque instant, elle lançait un coup d'œil en direction de la rue.

Sans doute parce que les personnes de son importance ne sauraient entrer en des lieux où règne encore un certain désordre, l'homme du Labrador est apparu dès que Nelly a eu fini de s'essuyer les mains.

Il portait une petite valise de cuir marron aux angles renforcés de métal blanc et qui paraissait extrêmement fatiguée. Nelly a marqué une légère hésitation, un peu comme si elle se fût trouvée sur le point de fixer le soleil en face.

Puis elle s'est précipitée.

Et la voici contre lui, frémissante, le rouge au visage. Le souffle un peu court.

Il a posé sa valise, il serre de toutes ses forces la jeune femme contre lui. On dirait qu'ils se retrouvent après toute une guerre de séparation, de peur et d'espérance.

Nelly murmure :

— Je t'aime, tu sais... Je t'aime.

— Je crois bien que c'est toi qu'il me fallait.

— Est-ce que tu penses qu'on va ?...

La question de Nelly s'interrompt. La porte vibre. Le garçon et la fille se séparent.

Le bourrelier de la rue Saint-Jean entre en compagnie d'un représentant en sellerie qui a l'accent du Sud-Ouest. Ils vont s'asseoir et le commis voyageur va parler à n'en plus finir.

Nelly les sert sans même demander ce qu'ils veulent. Un grand rouge pour le bourrelier et un café arrosé pour le bavard qui passe chaque mois.

Freddy est allé s'accouder au zinc. Nelly va prendre sa place derrière le comptoir, elle se penche par-dessus le bac à plonge pour souffler :

— D'habitude, quand y viennent, ça m'amuse d'écouter. Là, j'aurais mieux aimé qu'on soit tranquilles. Leurs histoires de Hitler, tu parles si je m'en balance.

Le couple demeure un moment sans mot dire, puis Freddy demande :

— Est-ce que t'as une bricole à grignoter ?

Le regard de la rousse s'assombrit.

— Mon Dieu, j'y pensais pas. T'as rien mangé ?

— J'en ai enduré d'autres.

— J' peux te faire des œufs. Y reste des nouilles.

— Fais-les chauffer, tu casseras tes œufs dessus.

— Toi, t'as des idées, pour la cuisine, mon vieux !

— Quand on a l'habitude de s'arranger avec rien, un truc comme ça, c'est le Pérou.

Il y a entre eux une épaisseur de joie. L'envie tout à fait visible de vivre et de partager.

Il la suit dans la souillarde où il soulève ses cheveux pour l'embrasser dans le cou pendant qu'elle cuisine.

— Si l' patron arrivait...

— Ça craint rien. Tu m'as dit qu'y vient jamais l'après-midi.

— Un client peut lui rapporter.

Elle regagne la salle tandis que l'homme du Labrador mange ses œufs et ses pâtes sur le coin de la table abattante. De derrière son bar, elle l'observe, toute pleine d'admiration. Les deux clients ne semblent guère se soucier d'elle.

L'après-midi a passé très vite. Le petit marchand de bâches s'est installé. Il a eu le malheur d'engager la conversation avec Freddy, à qui il s'est mis à parler des ouvriers qui ont foutu la France dans le pétrin avec les grèves :

— Vous vous rendez compte, on vient de fermer l'Exposition universelle, l' pavillon du Mexique était même pas terminé !

Mais l'autre se moque du Mexique autant que de

Blum et de l'Exposition. Il s'est tout de suite mis à raconter son expédition avec force détails.

Ils sont face à face à une table, les soucoupes s'empilent. L'homme aux doigts coupés raconte, le vendeur de toile écoute, ne remuant que pour essayer de rallumer son mégot trempé qu'il suce et fait passer d'un coin à l'autre de sa bouche. A travers les verres énormes de ses lunettes d'écaille, il fixe son interlocuteur comme s'il comptait les fils du plus bel échantillon de tissu à bâche jamais mis sur le marché. Ses hochements de tête en disent long sur son ébahissement. Souvent, il se tourne vers le comptoir pour lancer à la serveuse :

— T'entends un peu ? Ça, c'est des mecs !

Les autres clients s'attardent presque tous davantage que d'habitude, mais nul ne peut s'incruster comme le marchand de bâches que son commis remplace.

Vers les six heures, le cordonnier de la rue Juiverie, un marchand de charbon du quai et deux primeurs arrivent. On ne les voit jamais à pareille heure. Pas plus que le boulanger de la place du Change ou le plâtrier-peintre de Saint-Georges. Pourtant, tous se retrouvent là, avertis par on ne sait qui. Ils ont déplacé les chaises et font cercle. C'est surtout le boulanger qui paraît intéressé. Du moins est-ce lui qui interroge, les autres boivent les paroles de cet inconnu dont on dirait qu'il a le monde entier à raconter. Le globe dans toutes ses dimensions. Sa longueur, sa largeur, sa hauteur, sa rondeur mais aussi cette profondeur qui est celle du temps.

Le boulanger, Joseph Berton, est un homme qui lit beaucoup. Il possède plusieurs ouvrages sur le Nord. Au début, il a semblé méfiant. Il devait douter un peu de ce que racontait Freddy. Il a parlé de choses bien précises et posé des questions sur la flore et la faune. Les autres écoutaient, subjugués par le savoir de ces deux-là occupés à se lancer à travers la table des noms étonnants. L'orignal, le caribou, la mésange boréale, le gannet à tête jaune, le renard des toundras, l'épilobe, la camarine, l'épinette noire et mille autres mystères.

A présent, le boulanger semble convaincu. Il fait avancer le récit de Freddy comme s'il avait lui-même participé à l'expédition. Lorsqu'un autre interrompt parce qu'il saisit mal un détail, c'est souvent lui qui réplique, un peu agacé de perdre du temps :

— Mille dieux! Tu connais rien, toi!

A la fin, il semble pris d'angoisse. A plusieurs reprises il souffle :

— Sacré nom! J'aurais seulement dix ans de moins, j'hésiterais pas. Je partirais avec toi, Freddy. Et même si t'as pas récupéré ton plan, je te dis qu'on la trouverait, ta mine d'or... A nous deux, on trouverait. J'en suis certain! Ce doit pas être plus terrible que le Chemin des Dames ou les Dardanelles!

Le petit marchand de bâches se contente de dire :

— Moi, j' les ai, les dix ans de moins. Mais je m'en ressens pas. A quarante-huit ans, j' suis déjà plus d'attaque. Seulement, si ce gars-là veut repartir, j' m'engage à lui fournir la toile pour ses tentes et pour ses bagages. Et j' vous jure que ce sera pas de la camelote !

Les autres se regardent un moment, puis le boulanger dit :

— N'empêche qu'on pourrait tous donner quelque chose. C'est comme ça qu'on finance les grandes expéditions !

C'est alors que le patron arrive. Jamais il n'a vu tant de monde chez lui à pareille heure. Les beloteurs ne tapent pas le carton, mais ils boivent. Et le patron se met à écouter, lui aussi.

Seule Nelly se déplace. Elle s'arrange pour ne jamais perdre un mot de ce que raconte Freddy. Chaque fois qu'il faut renouveler les consommations, elle le fait sans bruit, évitant les chocs de verres et de bouteilles. Elle n'a pas à parler, elle sait ce que chacun prend. Elle verse les alcools, le vin, la bière ou le café comme l'homme du Labrador verse les mots. Elle va beaucoup moins vite que lui qui ne s'interrompt jamais et conduirait son auditoire jusqu'à l'aube si le patron n'était là pour rappeler qu'il existe un horaire de fermeture que l'on doit respecter.

Tous le regardent comme s'il venait de se mettre à chanter *La Madelon* à la cathédrale Saint-Jean, au beau milieu de la grand-messe.

Il se tait. Un instant de silence s'immobilise, puis le boulanger souffle :

— Alors, ça s'appelle Nain, tu disais...

— Oui, reprend Freddy, c'est le seul endroit habité. En dehors de ça, vous avez trois ou quatre cahutes à moitié écroulées, au fond d'une vallée. Autrefois, c'était un village. Hébron, il s'appelait. C'est au nord. Une terre de mirages. Les loups y sont plus nombreux que les hommes, mais Bon Dieu! ce que c'est beau! Les aurores boréales, ça vous coupe le souffle... Les nuits, avec juste le feu pour se protéger des bêtes, ça vaut le voyage, vous pouvez me croire... Et dès qu'il y a le moindre caillou qui se détache d'une falaise, ça vous fait un vacarme de tonnerre, avec des échos qui n'en finissent plus...

Il se tait. Un temps. Puis il se lève en déclarant :

— Faut aller. Le patron serait pas content.

Les autres remuent à regret, grognant contre l'horaire. Freddy ajoute :

— De me rappeler tout ça, vous pouvez me croire, ça me remue les tripes. Si je pouvais, je partirais maintenant, tout seul et sans plan!

Le bistrot est encore plein du terrible vent du nord. La neige se mettrait à tourbillonner autour du percolateur que nul n'en serait étonné.

Les rues du vieux Lyon sont noir et or sous une petite pluie froide qui étire sur les pavés des reflets hachurés. Une pluie moins terrible à affronter que les tempêtes du Grand Nord, mais qui vous pénètre et tue en un rien de temps les rêves de pureté.

7.

Lorsqu'ils se sont retrouvés seuls dans la mansarde, Nelly s'est tout de suite précipitée contre Freddy. Elle avait dans le regard le trouble d'une angoisse profonde. Elle a demandé, d'une pauvre voix que sa gorge serrée voulait empêcher de passer :

— Tu vas pas repartir comme ça, hein ? J' viens tout juste de t' connaître, tu vas pas déjà me laisser ? T'as promis de m'emmener, tu me laisseras pas, hein ?

Il l'a repoussée doucement, pour la regarder mieux. Son visage d'homme rude exprimait le combat qui se livrait en lui. Ce qu'il préparait ne devait pas être facile à exprimer. Il avait le regard d'un être travaillé jusqu'au fond de l'âme par sa conscience. Il a fini par dire :

— Toi, je te sens assez solide pour m'aider. Comme je te vois, j' sais que tu seras pas une charge. Au contraire. Je te l'ai déjà dit : dans une expédition pareille, faut quelqu'un qui reste à la base de départ. Une personne de confiance.

Il s'est arrêté un moment, le temps de lâcher les épaules de Nelly pour se frotter la barbe, puis il a repris :

— Le gros problème, c'est que je sais pas encore quel gars je vais trouver pour faire équipe avec moi... Les hommes, y en a qui veulent rien savoir pour qu'une femme soit dans le coup.

— Pourquoi ? J' suis pas une mauviette ?

— Je pense, mais il y a des règles. Ça tient de la superstition. Un bateau de guerre, par exemple, tu y feras pas embarquer une bonne femme... Pas même une infirmière. T'as pas un matelot qui accepterait de prendre le large.

Il a parlé longtemps des bateaux, en homme qui les connaît pour y avoir passé une partie de sa vie. Nelly était curieuse de savoir comment il avait tant navigué. Il lui a raconté son service militaire à bord d'un aviso. Les nuits de veille en mer, le déminage des estuaires. Le cap Horn. L'assistance aux pêches à Terre-Neuve et les tempêtes effroyables.

— Déjà là, j'avais entrevu le Labrador. Quand tu regardes de la mer, c'est une côte à te faire frémir. On comprend que les marins n'aient jamais eu grande envie d'y débarquer.

Nelly l'a écouté longtemps, tandis qu'ils se couchaient. Ils se sont aimés, puis l'homme s'est remis à parler. Il semble qu'il pourrait aller ainsi jusqu'au bout des temps, comme si cette terre qu'il semble aimer plus que tout au monde était vraiment inépuisable.

Ce qui paraît extraordinaire, c'est qu'il répète toujours que le Labrador est presque un désert, pourtant, il y a vu tant et tant de merveilles !

Nelly l'a écouté sans souffler mot, la tête contre cette épaule qui a transporté des charges énormes sur des kilomètres de piste rocailleuse, sur les neiges et les glaces. Elle entendait la voix et, venu d'une sourde caverne, l'écho des mots dans la poitrine où son oreille se collait.

Lorsque Freddy s'est arrêté, elle a dit d'un ton très calme, comme si elle eût annoncé qu'elle descendait acheter du sucre :

— Mon frère, je suis certaine qu'il partirait avec toi.

— Ton frère ?

— Pourquoi pas ?

L'homme du Labrador a hésité. Nelly s'était redressée pour le regarder. Elle a relevé d'un beau geste ses cheveux qui roulaient sur son visage.

— Tu sais, c'est pas n'importe qui qu'on peut embarquer dans une histoire pareille. Faut un gars solide et qui en veuille vraiment.

— Georges, il a vingt-trois ans. C'est un costaud. Y fait du rugby. Deuxième ligne, il joue. C'est pas n'importe qui.

— Qu'est-ce qu'il fait comme travail ?

— Mécanicien d'entretien à « La Vache qui Rit ». C'est un gars qui te rendrait pas mal de services, dans une affaire pareille. Y sait tout faire de ses mains.

— Quand on en sera au stade de la mine,

220

j' pourrais le charger de toute la partie technique. Moi, ce qui me passionne, c'est chercher. Et organiser. Après, les choses m'intéressent plus.

— Lui, y saurait. Y a pas de doute.

— Faut y réfléchir. Souvent, sur des chantiers éloignés de tout, vaut mieux un bon technicien démerdard qu'un ingénieur incapable de mettre les mains dans le cambouis.

Nelly a encore parlé de son frère et de ses parents qui doivent avoir quelques économies, puis l'amour les a repris pour les fatiguer et les jeter tous deux dans le sommeil, épuisés comme doivent l'être ceux qui reviennent des interminables explorations sur les terres sauvages.

8.

Ce matin, Freddy s'est levé avant l'aube. La proposition de Nelly l'a empêché de dormir. Il le dit avec presque de la colère dans la voix :

— A présent que j'ai trouvé pour former une équipe, faut absolument que je mette la paluche sur ce sacré Wallace de merde ! Je vais l' dénicher, tu peux me faire confiance. J' connais assez ce gars-là pour savoir où y peut traîner ses grolles !

Nelly saute du lit :

— C'est mardi. J'ai mon jour. J' pensais qu'on en profiterait pour faire la grasse matinée, mais si tu vas l' chercher, j' pars avec toi.

D'abord surpris, l'homme du Labrador s'est mis à rire.

— Si t'es décidée à venir avec moi à sept mille bornes d'ici, tu peux bien me suivre pour traverser la Saône.

Ils sont vite habillés. Lorsqu'ils sortent, un brouillard épais s'accroche à la cité, empêchant le jour de se lever. Ils marchent en direction de la

Saône et passent tout de suite le pont du Change comme s'ils avaient hâte d'échapper au quartier, à ses pavés, à ses vieux murs et aux quais où se tiennent les marchés.

Arrivés près de Saint-Nizier, ils entrent dans un bar. Deux femmes boivent du café en parlant de leur travail. Elles font les bureaux le matin, avant l'arrivée du personnel. L'une explique :

— T'aurais connu l'autre directeur, avant m'sieur Laplace, c'était une belle vache. Un Alsacien. On l'appelait l' Boche. Ce pourri-là, il apportait d' la limaille de fer qu'y prenait chez un serrurier. Il la mettait dans les coins de son burlingue pour voir si on nettoyait partout.

— Des mecs comme ça, j' te jure. Y seraient dans une usine, y s' feraient casser la gueule vite fait.

Elles trempent dans leur café de longues lichettes de pain beurré. Freddy les écoute un moment se raconter leurs malheurs, puis il dit :

— Tout de même, des vies pareilles, ça vaut pas d'être vécu. Quand j' suis rentré du Labrador et que j'ai traversé Paris, je regardais ces pauvres gens qui passent trente ans et plus dans le métro. Je me disais : une existence comme ça, j'aimerais mieux me foutre sous le train tout de suite. Trente ans sous terre, merde !

Des hommes sont entrés, qui boivent au comptoir en s'entretenant avec le garçon, un petit brun à l'accent espagnol. Freddy les observe un moment.

— Quand y s'en iront, je demanderai au garçon.

223

Wallace avait des copains dans le quartier des Terreaux.

— Ton Wallace, comment ça se fait qu'il venait à Lyon ? D'Amérique, ça fait une tirée ! Y connaissait du monde par là ?

Freddy se penche vers elle par-dessus la table où il reste dans la corbeille deux croissants odorants. Baissant le ton, il confie :

— Tu sais, moi, j'ai pour habitude de jamais fouiller dans la vie des gens. Du moment qu'ils sont corrects avec moi, leur passé, ça me regarde pas. Wallace, il a toujours été correct. Seulement, c'est sûrement pas en faisant le sacristain qu'il a ramassé son blé. C'est un gars qui a plus ou moins traficoté dans le monde de la Bourse. Cette famille-là, ça connaît pas de frontières. En tout cas, y parlait souvent de Lyon. M'en demande pas plus. Tout ce que je sais, c'est qu'il a des relations dans le secteur.

Les clients sont sortis. Laissant son feutre sur la table, Freddy se lève et va s'accouder au comptoir d'acajou verni. Il lance un regard méfiant en direction des femmes de bureau qui continuent de parler haut sans se soucier de lui, puis, s'inclinant vers le garçon, il demande :

— Wallace. Un nommé Dillon Wallace, ça vous dit quelque chose ?

L'autre fait une moue, réfléchit un instant et demande :

— Ce serait un habitué ?

— Non. Mais il aurait pu venir ce mois-ci, à plusieurs reprises.

224

Il le décrit comme il l'avait fait aux Trois Maries. Il montre sa main et parle des gelures. Le garçon l'interrompt :

— Alors là, je suis certain que je l'ai jamais vu... Jamais ! Ça m'aurait frappé. Vous pensez, des mains comme ça !

Freddy remercie. Il règle les cafés et les croissants, puis, revenant prendre son feutre, il dit à Nelly :

— Viens, c'est plutôt côté Croix-Rousse qu'on a des chances.

Le brouillard est toujours épais, mais un vent qui semble monter de la Saône apporte une lumière glauque pour la mêler aux lueurs des vitrines et des enseignes. La circulation déjà dense pétrit cette pâte de l'aube qu'elle empoisonne de ses fumées.

Sur la place des Terreaux dont ils longent la face ouest, le jour paraît déjà dominer les clartés de la nuit. La cloche des tramways s'énerve.

— On va monter par là, dit Freddy, je sais qu'il avait été en contact avec un gars dont le père était soyeux. Y m'a parlé d'un troquet, pas loin d' la ficelle, mais j'ai plus le nom en tête.

Ils montent, tournent à gauche. Les tramways surchargés descendent vers le centre.

— Quand j' vois ce monde dans ces boîtes à sardines, je me trouve heureux, tu peux me croire !

— Y sont pas forcément malheureux. Faut bien bosser, tout de même !

— Bosser comme ça, merde alors !

225

— T'es marrant, toi, tu voudrais pas que tous ces gens-là se retrouvent au Labrador ?

Il se met à rire pour lancer :

— Sûrement pas. Ou alors, c'est moi qui resterais ici.

Et voilà qu'il se prend à imaginer la ville complètement déserte. Rien. Le vide. Des milliers de portes et de fenêtres grandes ouvertes. Un vent terrible fait claquer tout ça et amène du Grand Nord des neiges à l'infini.

Nelly paraît ébahie. De loin en loin elle laisse aller un petit rire qu'elle étouffe vite pour ne rien perdre de ce qu'il raconte.

A présent, il les a amenés tous les deux dans ce Lyon polaire. Ils ont un attelage de dix chiens splendides, ils sillonnent la cité en tous sens, traversant Rhône et Saône pris par les glaces, s'arrêtant où bon leur semble pour explorer les immeubles déserts dont les richesses leur appartiennent. Ils sont, comme aujourd'hui, à la recherche de Dillon Wallace qu'ils finissent par découvrir à la tombée de la nuit. Le vent glacé leur a apporté des éclats de voix. Ils ont cherché en remontant le vent. Les chiens ont filé droit sur l'endroit d'où venait cette voix. Près de Perrache. Une immense brasserie merveilleusement illuminée. Braillant à tue-tête une chanson de marche de l'armée américaine, Wallace est attablé devant des rangées de bouteilles. Il semble avoir bu de tout. Sans doute a-t-il essayé de terribles mélanges. Alors qu'ils le regardent depuis l'entrée, l'homme aux mains mutilées se lève. Prenant une à une les bouteilles par le goulot, il les lance derrière le comptoir, visant celles qui demeurent alignées devant une immense glace, sur des rayons de verre. Nelly veut intervenir, mais son compagnon la retient.

— Laisse-le faire. C'est à personne. C'est plus qu'à nous. La ville nous appartient. On peut vivre cent ans, on viendra jamais à bout de boire tous les bistrots et toutes les caves.

Lorsque Freddy achève son récit, Nelly lui serre le bras très fort en disant :

— T'es formidable. J'ai jamais vu un homme comme toi. J' sais pas où tu vas chercher tout ce que tu racontes. De vrais romans !

— Mon pauvre petit, quand on a vécu ce que j'ai vécu, on voit des choses que personne d'autre pourrait voir.

Il s'arrête soudain à l'angle de deux rues. Désignant une façade grise aux hautes fenêtres dont quelques-unes seulement sont éclairées, il demande :

— Est-ce que tu connais les gens qui habitent là-dedans ?

— Non. Et toi ?

— Moi non plus, mais si tu veux, j' peux tout de même te raconter leur vie.

— Leur vie ? T'es fou. Tu sais même pas leur nom.

— Ça fait rien, Nelly. Je te la raconte, et je suis certain que tu me crois.

Elle a un haussement d'épaules.

— Ma foi.

— Un jour qu'on aura le temps, on essaiera. N'importe où. Et tu me croiras.

— Et alors?

— Alors, ce sera bidon. Seulement ici, toutes les vies se ressemblent. Je peux te raconter n'importe laquelle, tu me croiras. Et t'auras raison.

Il se tait et se remet à marcher. Après une dizaine de pas, Nelly soupire.

— Tu crois ça. Ben moi, j' peux te dire que la vie de mon patron, c'est pas la mienne. Sans aller plus loin, hein! Parce que si j' compare avec le patron de mes vieux... Usine, chauffeur et tout, si tu vois ça de la même couleur, toi!

Il semble que Freddy ne l'écoute pas. Il vient de tomber en arrêt devant un bistrot dont la devanture de bois peinte en vert occupe un renfoncement, dans une ruelle montante, à quelques pas de la grande rue.

— Bon Dieu, chez Jos! C'est là. Ça vient de me revenir juste comme je lis le nom. C'est pourtant simple à se rappeler. C'est là, j'en suis certain.

Entraînant Nelly, il fonce vers ce café où des silhouettes se devinent, mouvantes et sombres derrière les vitres embuées.

9.

CHEZ JOS, ils n'ont trouvé qu'une petite femme replète dont le corsage à fleurs semblait prêt à craquer. Avec des gestes ronds qui ouvraient et refermaient des fossettes partout, elle leur a expliqué qu'elle venait de reprendre le bar depuis deux mois. M. Jos était mort du foie. Sa femme vivait chez ses enfants, à Beaujeu, mais elle ne connaissait pas l'adresse exacte. Le notaire devait l'avoir. C'était dur, de garder la clientèle. Une femme seule dans ce quartier, les hommes n'aimaient pas ça. Ou alors, ils aimaient trop, et ça la dégoûtait. Son Fernand était mort des suites de guerre.

Un monologue interminable, interrompu dix fois par des clients et toujours repris n'importe où sur le même ton.

Elle avait seulement promis d'appeler le notaire pour connaître l'adresse.

Freddy a bu un blanc cassé, Nelly un café, puis ils sont repartis, un peu déçus, avec cette infime lueur d'espoir accrochée à l'idée du notaire.

— S'il le faut, j'irai à Beaujeu, a déclaré Freddy. Et crois-moi, la mère Jos, j' la retrouverai, même sans adresse.

Ils ont tout de même visité quelques bars du quartier. Vers midi, ils ont mangé un tablier de sapeur et du gratin dauphinois dans un restaurant des halles. Ils y étaient venus à pied, en longeant le bas port du Rhône.

C'était ce que Freddy préférait de Lyon, ces quais au ras de l'eau, à cause de la puissance du fleuve.

— Ça me rappelle certains torrents du Labrador dans leurs parties les plus calmes. Tu verras. T'as qu'à imaginer ça, trois fois plus fougueux avec des glaçons énormes charriés par le courant.

L'après-midi, ils sont allés à la gare de Perrache où Freddy a noté l'heure des trains pour Nantes.

Ensuite, ils ont remonté la rue Victor-Hugo en léchant les vitrines. L'homme du Labrador a voulu que Nelly entre dans un magasin pour essayer des pantalons de velours et une veste matelassée avec un capuchon de fourrure. Elle en a passé plusieurs. Les vendeuses trouvaient toujours que tout allait bien, mais Freddy n'était jamais satisfait de la qualité.

— C'est pour le Grand Nord, vous comprenez. Des moins soixante et plus. Je sais ce qu'il faut exactement : un duvet d'oie sauvage avec un capuchon de loup. Si on trouve pas ici, on l'achètera à Terre-Neuve.

Vers le soir, alors qu'ils longeaient la rive gauche de la Saône, le soleil est enfin parvenu à déchirer le ciel tendu entre les deux collines, au ras des toits et des tours de la basilique. Une trouée guère plus large qu'un puits, d'où un rayon glacial a piqué vers le plomb des eaux mortes.

Ils sont restés un moment à contempler cette lumière. Freddy a murmuré :

— Est-ce que tu crois aux signes que nous adresse le ciel ?

— Oh ! moi, tu sais, les bondieuseries...

— Je te parle pas de ça. Moi non plus, je crois pas à ces choses. Mais le grand mystère. L'avenir inscrit quelque part et qui nous adresse un signe, c'est autre chose. A l'instant précis où cette lueur est apparue, je pensais au détroit d'Honguedo où j'ai navigué avant d'aborder au Labrador. Je revoyais justement un soir où il y a eu sur l'embouchure du Saint-Laurent exactement le même coup de lumière... Le même... Crois-moi, Nelly, c'est un signe. Mon instinct me trompe jamais !

Ils ont traversé par la passerelle du Palais de Justice dont les planches vibrent sous les roues des voitures. Rue Saint-Jean, ils ont acheté du pâté en croûte, du pain, du fromage, un kilo de pommes et un litre de vin.

— Ce soir, on se couchera de bonne heure, a décidé Freddy. Demain à l'ouverture, je serai chez la rondouillarde, et dès que j'ai l'adresse, je fonce à Beaujeu. Cette fois, Nelly, je sens qu'on est sur la bonne piste.

231

10.

Freddy était debout bien avant que ne grelotte la sonnerie du réveil. Il semblait d'excellente humeur.

Nelly l'a taquiné :

— Tu vas aller trouver la grosse dans son lit. Essaie de pas te perdre dans les plis.

— Tais-toi. J'aurais l'impression de coucher avec un phoque.

Il a laissé sa valise chez Nelly, ne prenant avec lui qu'une petite sacoche sortie de dessous son linge. Et il est parti.

A présent, la rouquine est au café. Dès qu'elle est arrivée, son patron lui a demandé des nouvelles de « l'explorateur ».

Elle a dit :

— Il est allé chercher ses documents. Y va revenir.

Le vieux a ricané :

— Sur mes bottes ! Compte dessus et bois du vichy, ça te fera passer tes idées de grandeur.

Elle n'a rien répondu. L'heure du coup de feu est

arrivée, puis le moment de tête-à-tête du repas. Comme il restait quelques maraîchers, c'est avec eux que le patron a parlé.

Depuis plus d'une heure, Nelly est seule. Elle a entrepris de faire les cuivres et les nickels. Elle frotte avec application, s'arrêtant souvent pour scruter la rue.

Le petit marchand de bâches arrive. Il salue. Elle le sert et il questionne :

— Il est pas là ?

— Qui ça ?

— Ben, ton homme du Nord, pardi.

— Non. Y va venir.

— J' vais l'attendre. Faut que je lui parle.

— Y reviendra peut-être très tard.

— Ah ?

Le petit homme a l'air déçu. Son visage rond se plisse. Il observe un moment la rouquine, il la jauge avant de se pencher sur le comptoir pour lui confier :

— J'ai réfléchi. J' crois bien que je vais lui proposer de partir avec lui... Mon affaire, je peux la confier à mon frangin pendant quelques mois... J'en ai ras le bol, de la médiocrité. C'est ce gars-là qui a raison. On vient vieux avant l'âge, à s'encroûter comme on fait. Bon Dieu, quand j' pense à ce qu'il nous a raconté !... Quand j'imagine tout ce qu'on pourrait se payer avec l'or de cette putain de mine ! Ici, avec ce gouvernement à la con, c'est foutu.

Il se tait. Ses gros yeux ronds sont tout pleins de

rêve. La jeune femme l'observe en silence. Quand il revient sur cette terre de monotonie, c'est pour lui lancer :

— Qu'est-ce que t'as, à me regarder comme ça ?

Elle hésite encore. Son front bas se plisse sous la masse de feu de ses cheveux. Elle pose son torchon et son flacon de Miror pour s'appuyer au comptoir, face au marchand de bâches qu'elle domine d'une bonne tête. Elle soupire longuement avant de dire :

— J' sais pas si j'ai l' droit de vous en parler, mais j' crois bien qu'il a trouvé quelqu'un.

— Quoi ? Pour partir avec lui ?

— Peut-être.

Le petit homme paraît assommé. Son visage s'est vidé de son sang puis empourpré. Il fait un effort visible pour avaler sa salive.

— Quelqu'un d'ici ?

Elle fait non de la tête et ses cheveux viennent battre sa bouche.

— C'est pas le boulanger, tout de même ?

— Non. J' vous dis qu' c'est pas un homme du quartier... Même pas de Lyon.

— Merde ! Hier, y savait rien. Qu'est-ce qu'il a fait, il a téléphoné ?

— J' sais pas.

Le petit homme fait une chose que Nelly ne l'a encore jamais vu faire. Il va s'asseoir seul à une table. Il s'accoude, la tête dans les mains, pour lancer, d'une voix frêle que la colère fait trembler :

— Donne-moi un marc... Ça alors, j'en reviens pas !

234

Elle contourne le comptoir pour venir le servir. Tandis qu'elle emplit le petit verre à pied, il a des hochements de tête et une grimace pour ronchonner :

— Bonsoir de saloperie ! C'est toujours pareil. Tu fais passer le boulot avant le reste. Les clients. L'honnêteté et tout... Tu te dis que t'as pas le droit de tout plaquer. Ça te fait hésiter, puis après, c'est foutu ! Y a toujours un moins con qui te coiffe au poteau.

Nelly a posé le litre sur la table. Elle tire une chaise et s'assied en face de lui. D'une voix qui voudrait consoler, elle dit :

— C'est peut-être pas encore fait.

— Tu parles, je connais la vie. J' suis toujours passé à côté de tout... Des occases, je te dis que j'en ai raté des flopées, toujours pour des raisons à la gomme. Hier, j'ai eu le mot sur la langue pour lui dire : je file avec toi. Mais, je t'en fous. J' suis trop con !

Le ton monte. Le voilà vraiment en colère contre lui.

— C'est bien fait pour ma gueule. Quand on n'a pas assez de couilles pour foncer, on se fait griller par ceux qui en ont !

— Faut pas vous en vouloir... On sait pas, peut-être qu'il vous aurait pas accepté.

Le petit homme se redresse comme si un clou venait de jaillir de sa chaise.

— Quoi ? Pas voulu ? Qu'est-ce que tu crois ? J' suis pas pourri... C'est pas toujours les grands les

235

plus costauds. J'ai servi dans les chasseurs alpins, moi... En 14, j'étais dans les Alpes. Sur la frontière on nous a tout de suite expédiés au front. Je me suis envoyé les plus mauvais secteurs. Tu peux être certaine que j'ai jamais flanché. Verdun, le Chemin des Dames, l'Italie pour soutenir les Ritals qui se tiraient, toutes les grandes réjouissances, quoi. Quatre citations, ça se gagne pas dans une garderie !

— Je sais, fait la rouquine, fatiguée, mon père n'arrête pas d'en parler.

— J' connais pas ton père, mais s'il a...

La porte s'ouvre, le marchand de bâches s'interrompt en se retournant.

Décidément, cet après-midi n'est pas comme les autres. C'est le cordonnier de la rue Juiverie, long et sec avec l'épaule droite plus haute que l'autre. Il n'a même pas quitté son tablier bleu dont la grande poche est lourde de clous et la bavette vernissée de poix. Il entre sans refermer la porte. Il rit en disant :

— J' viens de voir le blanc et le noir. Vont sûrement s'amener par ici.

Il fait des yeux le tour de la salle, se penche pour inspecter la souillarde et s'étonne :

— L'est pas là ?

— Le patron ? demande la rouquine.

Le cordonnier hausse l'épaule.

— Te paye pas ma fiole, dit-il.

Avant qu'elle ait le temps de répondre, le boulanger de la place du Change fait son entrée, suivi par le charbonnier du quai. Tous deux sont en vêtements de travail. Le charbonnier lustré de noir, le boulanger n'a passé qu'une veste grise sur son pied-de-poule bleu et blanc. Il a sa casquette raide de farine et de vieille pâte avec une marque de crasse à l'endroit où il empoigne la visière. Avant même d'avoir fini de refermer la porte, il lance :

— Où il est, Labrador ?

— Y va revenir, dit la serveuse.

— L'est parti ?

— Chercher son plan.

Le marchand de bâches intervient :

— Son plan et un mec pour aller avec lui. Un moins con que nous qui hésitera pas trois jours...

— Un mec pour partir, lance le boulanger, je lui en ai trouvé un, moi. Un sacré gaillard, encore !

Le marchand de bâches se lève, l'air furieux. Il est beaucoup plus petit que le boulanger, moins épais aussi. Il s'avance pourtant comme s'il voulait cogner. Il crie :

— Je l' connais pas, ton sacré gaillard, mais moi aussi j' suis partant... Et je l'ai dit avant.

L'homme blanc a une hésitation, son regard va de Nelly au marchand de bâches. Hargneux, il demande :

— A qui tu l'as dit ?

— A... à elle !

Les autres éclatent de rire.

— Qu'est-ce qu'elle a à voir là-dedans ?

— C'est pas la rouquine qui va au Labrador !

— De toute manière, il a quelqu'un, le Freddy !

— Moi, je l'ai dit avant.

— Il en trouvera tant qu'il voudra, des costauds !

— Encore, faudrait qu'il trouve son plan.

— Le Wallace machin truc, il est peut-être bien déjà reparti avec une autre bande, et la mine est creusée !

Un moment, ils parlent tous en même temps dans une terrible cacophonie, puis, d'un coup, c'est le silence. Un beau silence bien rond qui semble étonner tout le monde. Nelly en laisse passer une bonne tranche, ensuite, comme poussée par une force que rien ne saurait endiguer, elle annonce avec un calme qui fait impression :

— Justement... Je pars avec eux.

Ils l'observent, s'entre-regardent, incrédules.

Le cordonnier lance :

— Tu déconnes !

— Non.

Elle paraît très assurée. Ils semblent tous découvrir une inconnue. Sa fierté lui donne de la force. Elle a grandi d'au moins deux têtes.

Après un long moment, le marchand de charbon demande :

— Et qui c'est, l'autre ?

— Ça, j' peux pas encore le dire.

— Elle le sait même pas, grogne le marchand de bâches.

Le boulanger se tourne vers lui puis, prenant le parti de rire, il lui allonge une grande claque sur l'épaule en faisant :

— Ben mon vieux, t'as plus qu'à leur préparer les tentes avec tout le fourbi. Et du douillet pour elle !

Comme le petit homme essaie de se défiler en disant que puisqu'il ne peut partir... tous se récrient :

— Tu t'es engagé.

— T'as juré ça devant tout le monde.

— Les tentes et tout pour envelopper leur fourbi.

— Moi, promet le boulanger, j' vais leur trouver des fabricants de biscuits, un chocolatier...

— Et moi une maison de godasses à Romans...

Les voilà partis pour tout préparer. Ils ont refait le cercle, Nelly commence à verser les boissons. Elle ne perd pas un mot de ce qu'ils racontent. Son visage rayonne, et c'est seulement lorsqu'elle interroge la pendule ou la rue qui s'obscurcit qu'une ombre légère passe sur son beau regard brun.

11.

La soirée a été très mouvementée au café des Trois Maries. Lorsque le patron est arrivé, il a d'emblée pris l'assemblée à rebrousse-poil en proclamant que cet inconnu s'était payé leur tête et ne remettrait sans doute jamais les pieds dans le quartier.

— Pas plus de mine d'or que sur la peau de mes fesses ! Bande de rigolos, on dirait que vous débarquez tous de Courbouzon. Ma parole !

Ce sont surtout le boulanger et le marchand de bâches qui se sont rebiffés. Il y a eu une belle empoignade. A plusieurs reprises Nelly a voulu s'en mêler, mais son patron l'a traitée de bouseuse bornée. Alors, elle s'est tue, les lèvres serrées sur sa colère, l'œil sombre et sans cesse refoulant de gros soupirs.

Ils sont tous restés à se chamailler jusqu'à l'heure de la fermeture qui a vu le triomphe du patron :

— Alors ? Où est-ce qu'il est, votre Labrador ?

Envolé? Parti sans vous? Bande de fumistes. Je vous dis que c'est un maboul. Rien de plus. Un pauvre mec qui a dû se faire prendre les doigts dans une machine quelconque.

Ils se sont quittés en pleine rogne. Nelly qui avait les yeux gonflés de larmes est partie sans saluer personne.

Voilà plus de deux heures qu'elle est couchée. Elle n'a pas osé ouvrir la valise de l'homme. Cent fois, les lèvres serrées sur sa rage, elle a répété :

— Y reviendra... J'en suis sûre... On partira... Y vont tous crever de jalousie.

Elle s'est parlé longtemps ainsi, pour se monter contre tout ce qui, dans ce bas monde, n'est pas avec Freddy. Pourtant, les sanglots ont fini par venir. A présent, elle pleure doucement, le visage enfoui dans son oreiller.

Nelly pleure, soudain, elle s'arrête. Elle se dresse dans la pénombre. Le plancher du couloir vient de craquer. Il gémit encore. La rouquine cherche l'interrupteur qu'elle tourne au moment précis où la porte s'ouvre.

Freddy entre, souriant, il lance son feutre sur le lit. Les couvertures volent. Le beau corps blanc taché de son bondit et va se coller contre le cuir glacé du manteau. Secouée par son chagrin mal éteint, Nelly murmure :

— Je savais, moi... J' savais bien...

— Mais quoi donc?

Il l'oblige à le regarder.

— Qu'est-ce que t'as, tu pleures?

241

A présent, elle rit nerveusement. Un frisson la parcourt.

— Ils me disaient que c'était foutu, que tu m'avais bourré la caisse. Que tu reviendrais jamais. Que t'es jamais allé au Labrador.

Le visage de l'homme se contracte. Il serre les épaules de Nelly et grogne :

— Qui disait ça ?

— Au début, c'était surtout mon singe. C'te vieille peau de vache. Après, y avait aussi le charbonnier puis un peu les autres.

— Je comprends pas que t'écoutes ces tordus. Je t'avais laissé ma valise, tu savais bien que je reviendrais.

— La valise, j' pouvais pas en parler. L' patron, il aimerait pas ça, que je couche avec un client et que je m'en vante au bistrot.

Elle raconte sa journée à mots hachés. Freddy éclate de rire en apprenant que le petit marchand de bâches voudrait embarquer avec lui.

— Celui-là, je te jure, y croit vraiment au Père Noël !

L'homme du Labrador a quitté son cuir. De sa petite sacoche, il tire des papiers qu'il pose sur la table en déclarant aussi calmement que s'il venait d'acheter des croissants :

— Voilà, tout est là... Absolument tout.

— Quoi ? T'as trouvé ton copain ?

— Pas lui, les plans.

— Alors, on va pouvoir partir ?

— C'est certain.

— Youkoue !

Nelly n'a pu s'empêcher de sauter en l'air en poussant un cri.

Aussitôt, la cloison sonne sous les coups du voisin qui braille :

— Alors ! Vous allez pas la boucler ? Merde ! Y en a qui se lèvent pour bosser !

A voix basse, Nelly explique :

— C'est un Polonais. Y gratte à la soie. A quatre heures du matin.

Ils se couchent très vite et la jeune femme demande :

— Alors, dis-moi. T'es allé chez la grosse ?

— Oui.

— Elle avait téléphoné ?

— Oui. J'ai sauté dans le premier car pour Beaujeu.

— T'as vu la mère Jos ?

— Elle et son fils. Ils m'ont fait une histoire en prétendant que Wallace leur avait jamais rien donné.

— Et alors ?

— J'avais pas le choix. Le gamin faisait pas le poids. J'étais certain qu'ils mentaient. J'ai tenté le grand coup. J'ai pris le garçon par la cravate et j'ai dit à la vieille : si tu donnes pas les plans, j' bute ton lardon.

— T'as fait ça ?

— J'aime pas ces manières, mais j' pouvais rien faire d'autre.

— Et alors ?

243

Il a un ricanement :

— Y se sont dégonflés tout de suite Y m'ont tout donné. Après, figure-toi que le jeunot chialait dans mon giron pour que je l'embarque avec moi. Jamais vu des patates pareilles ! Quand je pense que son vieux avait fait toute la guerre dans la coloniale !

S'écartant un peu de la jeune femme, d'une voix plus sombre, il ajoute :

— Dillon Wallace, il est mort.

— Mort ?

— Oui. Il est retourné à New York. Ça n'a pas été long. Un mois plus tard, le Jos recevait un faire-part... Forcément, c'est un gars qui était usé. Y s'était jamais remis vraiment.

Ils restent un long moment silencieux et immobiles, comme si ce mort installé entre eux leur en imposait. Puis, c'est Nelly qui demande :

— Alors, on va aller voir mon frère ?

— On va y aller. Et si ça marche pas, on reviendra trouver le gars dont le boulanger a parlé.

— On va y aller quand ?

— Quand tu veux.

La rouquine réfléchit quelques instants, puis, avec de la colère dans la voix, elle décide :

— Si cette vieille charogne avait pas tant déblatéré sur toi, j' lui laisserais le temps de se retourner. Mais là, j'ai pas de scrupules. Je bosse encore deux jours, après on s'en va. Je téléphonerai à mon frère, à l'usine, pour dire que j'arrive.

L'homme du Labrador ne répond pas. Sa main

court sur le corps de Nelly qui murmure entre deux soupirs d'aise :

— Faudra pas dire devant ma mère que ton copain est mort des suites de son voyage. Faudra pas... Ça lui foutrait les foies.

12.

AVANT même de se rendre à son travail, Nelly a voulu que tout le monde soit informé du retour de Freddy. A présent, elle n'a plus rien à cacher. Ils vont à travers le quartier, du fournil à l'échoppe, du bureau du marchand de bâches au magasin du charbonnier en passant par le garage où le plâtrier remise son matériel. Ils expliquent tout, Freddy a sa petite sacoche d'où il tire ses plans pour les montrer.

Au boulanger, ils annoncent que le frère de Nelly partira sans doute, mais qu'en cas de défaillance... Le boulanger demande :

— A trois hommes, ce serait pas mieux ?

Freddy réfléchit.

- - C'est mieux, mais le bénéfice de la mine, faut le partager. C'est à voir. On décidera ça avec le frère de Nelly.

C'est la première fois qu'il lui donne ce nom devant un tiers. Le boulanger ouvre de grands yeux.

— Nelly ? Tu t'appelles Nelly ? J' croyais que c'était Sophie ?

La jeune femme rougit tandis que l'homme du Labrador réplique :

— Nelly, c'est son deuxième prénom. Moi, je préfère.

L'autre rit en lançant :

— T'as raison, ça fait plus américain.

Ils arrivent aux Trois Maries avec une bonne heure d'avance. Il n'y a dans la salle que trois maraîchers attablés devant un pot de blanc et deux femmes qui mangent un gâteau sur un papier en buvant du café. Le patron est derrière le comptoir, occupé à ranger des pots de vin qu'il vient de monter de la cave. Voyant l'homme du Labrador, il dit sans grand étonnement :

— Salut. Je vous croyais parti.

Avec ironie, l'autre réplique :

— Non. Mais ça va pas tarder.

— Ah !

— Et pas tout seul.

Nelly s'est tenue en retrait d'un pas, sans quitter son manteau. Elle s'avance et enchaîne :

— On part dans trois jours.

Le visage ridé du cafetier s'éclaire d'un sourire aigre. Fixant la serveuse, il ricane :

— Pauvre andouille ! T'iras pas loin !

Les mains posées sur le zinc, Freddy se penche vers le patron. Sans crier, mais d'une voix dure qui siffle un peu, il prévient :

— Attention! C'est plus à elle que vous aurez affaire si vous l'insultez, c'est à moi... Elle reste aujourd'hui puis demain pour vous rendre service. Si ça vous plaît pas, on se tire à présent!

Le cafetier bredouille :

— Elle me doit quinze jours de préavis... Elle a pas le droit de...

Le rire de Freddy lui coupe la parole :

— Ton droit, tu viendras le faire respecter au Labrador. Un conseil : le chemin le plus court, c'est l'orthodromie !

Les clients se sont arrêtés de parler. Il y a un moment de gêne avec l'écho du rire que cet homme vient de lancer. L'écho de ce mot qui semble un pavé énorme dans la grisaille tranquille de ce quartier.

L'homme du Labrador fait lentement des yeux le tour de la petite salle. Il n'y a là que des sourires un peu gênés. Cet inconnu les domine tous. Il prendrait le patron par la peau du dos et le jetterait dehors en lui disant qu'il n'a plus rien à faire ici, personne ne s'en étonnerait ; personne ne chercherait à s'y opposer. Le monde, demain, peut appartenir à ce grand gaillard élégant et hautain qui les mépriserait et ferait d'eux des esclaves.

D'une voix tranquille, il dit à la rouquine :

— Enlève ton manteau.

Nelly se dévêt, elle passe son tablier de travail. Le patron a de nouveau levé le trappon étroit pratiqué dans le plancher du bar. Il donne accès à la cave d'où montent les relents de limon et de vin aigre; quand il est ouvert, on ne peut plus accéder à la souillarde, c'est pourquoi le cafetier fait toujours sa cave tant qu'il est seul. Gênée, Nelly essuie quelques verres en se penchant par-dessus le vide pour les prendre sur l'égouttoir.

Le patron remonte avec un panier à bouteilles tout cliquetant. Le trappon claque sourdement puis la petite ampoule témoin s'éteint.

— J'ai une ou deux courses à faire, dit l'homme du Labrador. Je repasserai vers midi.

Il lance un regard dur au patron qui essaie de sourire. Le visage de Freddy se détend. Il y a entre eux un moment d'hésitation. Est-ce que l'homme du Labrador va tourner les talons? Est-ce que le patron va parler?

Silence avec le cliquetis des verres que la jeune femme prend sur la table que viennent de quitter les primeurs. Elle va jusqu'au comptoir et passe devant le patron dont le visage s'éclaire davantage tandis qu'il dit :

— Si tu es certain d'être là avant une heure, on mettra un couvert de plus.

Freddy sourit à son tour. C'est la première fois que le patron le tutoie. Il lance :

— D'accord, chef! On sera à l'heure!

Dès qu'il a passé la porte, le cafetier dit à la serveuse :

— Après tout, peut-être que je me trompe, il a pas l'air d'un mauvais cheval... Mais tout de même, t'en aller si loin...

— Ce qui m'embête, c'est rapport à vous.

249

— T'inquiète pas, la mère Raynard viendra bien me dépanner en attendant que je trouve quelqu'un. Tonnerre, dans ce putain de métier, on en voit défiler, du monde !

Les deux femmes qui mangeaient des gâteaux se lèvent. Nelly va ramasser le papier qu'elles ont laissé, elle apporte les tasses puis retourne passer la lavette. Elle recueille les miettes dans le creux de sa main et va les jeter dehors, pour les pigeons. Un groupe de clients entre. Le coup de feu va commencer et le patron lui tend un billet en disant :

— Cours vite chercher pour midi.

— Qu'est-ce que vous voulez manger ?

— J' sais pas. Un homme comme lui, ça doit aimer le solide. Prends une grosse entrecôte. Tu feras des patates au lard avec une salade. Achète une tarte pour finir. Je crois qu'il reste du fromage.

— Oui. Y a du munster. Même qu'il est rudement bon !

Jamais Nelly n'a couru aussi vite d'une boutique à l'autre. Le boucher, la pâtissière, l'épicier espagnol lui ont tous dit qu'elle ressemblait à quelqu'un qui vient de toucher le gros lot. Elle n'a pas résisté au plaisir de leur lancer :

— C'est mes derniers jours. Je m'en vais.

— Où ça ?

— D'abord chez moi. Puis, peut-être bien plus loin... Je vais sûrement me marier.

Ils l'ont félicitée avec des petits sourires mi-figue, mi-raisin, comme ça, l'air d'y croire à moitié. Mais la jeune femme n'a pas dû s'en apercevoir. Elle rentre aussi vite qu'elle était partie. Elle pose ses provisions sur l'abattant de la souillarde et se précipite pour servir. Son patron lui glisse en riant :

— T'as le feu aux miches, ma parole ! Je t'ai jamais vue comme ça. Dommage que tu me laisses tomber, t'allais m'en faire, de la besogne !

Des clients informés de son départ essaient de l'arrêter en empoignant son tablier.

— Alors, raconte. T'as trouvé le mec qui tient le filon ?

Elle leur tape sur le poignet.

— Laissez-moi. J'ai pas le temps.

— T'as peur que ton patron te foute à la porte ?

Il y a des rires qui gagnent toute la salle : c'est comme si la joie de la rouquine enflammait le quartier jusqu'aux bords de la Saône. Le patron dit :

— Elle me laisse tomber, la garce, mais quand elle aura fait fortune, je lui vendrai le fond. Elle payera bien ! Et je toucherai une belle rente !

Lorsque Freddy revient, il est à peine midi. Son arrivée métamorphose l'atmosphère. Le bruit diminue. Il se fait murmure d'admiration, puis remonte, chacun voulant inviter à sa table cet homme venu de si loin et qui s'apprête à repartir. On le questionne sur ce qu'il compte faire de la serveuse.

— Faut quelqu'un à la base de départ. Elle, je sais que je peux lui faire confiance, elle attendra qu'on revienne.

— Et cet Américain ?

— Mort.

— Comment vous le savez?

Il raconte son voyage à Beaujeu. Puis, comme certains clients ne savent rien de ce qu'il a déjà vécu, il recommence son récit. Ceux qui l'ont déjà entendu participent. Ils sont comme des anciens de l'expédition. Ils lui rafraîchissent la mémoire :

— Et le soir des loups?

— Tu dis pas le jour où t'as chaviré?

— Et votre copain le trappeur?

— L'Indien du portage, t'en parles pas?

Freddy est d'excellente humeur. Il ne se fait pas prier. Nombreux sont les maraîchers, les marchands de bananes ou d'oranges que leur épouse va attendre longtemps devant le rôti trop cuit.

Ils finissent tous par s'en aller, sortant à regret, deux ou trois en même temps pour se donner du courage et prolonger le plaisir en se racontant l'un l'autre ce qu'ils viennent d'entendre.

— Merde! disent certains, moi, je l'aurais su, comment que je serais parti avec lui. On s'est bien tapé quatre ans de guerre, son Labrador, à côté, qu'est-ce que c'est? Quelques mois, c'est pas la mort d'un homme.

Plus nombreux sont les sceptiques :

— Faut y croire sans y croire... Moi, je serais la rouquine, je me méfierais tout de même. Ce gars-là, après tout, on sait pas d'où y débarque!

13.

Ils ont mangé tous les trois et le patron s'est attardé une bonne demi-heure devant son café arrosé. Il est parti à regret en déclarant :

— Toi, mon gars, t'as foutu la révolution dans le vieux Lyon. C'est temps que tu t'en ailles, sinon, on va tous boulotter des briques d'ici peu. Personne fout plus rien !

L'après-midi a filé très vite. Tous les habitués sont arrivés de bonne heure pour se lancer dans de grandes discussions. Le boulanger a apporté son atlas. Ils se sont longuement penchés sur les cartes. D'un doigt qui connaît, Freddy leur a montré le chemin. La traversée. Terre-Neuve. L'immense estuaire du Saint-Laurent dont ils ont peine à croire qu'il est au moins cent fois plus large que le Rhône et la Saône réunis. Il leur a fait parcourir la côte de ce continent parsemé de lacs et veiné de fleuves dont les noms font rêver. Il est remonté jusqu'à la baie d'Ungava et au détroit d'Hudson. Il en a profité pour évoquer le tout Grand Nord qu'il rêve de découvrir un jour, plus tard, lorsqu'il aura mis sa mine en exploitation.

Ensuite, l'homme du Labrador a de nouveau sorti de sa sacoche la carte qu'il leur a déjà montrée. Beaver River, Lost Trail Lake, bien d'autres lieux de mystère. Puis il a étalé, sur le marbre essuyé par Nelly, ce plan complémentaire que Dillon Wallace lui a laissé. Un croquis aux crayons bleu, noir et rouge, tellement compliqué que seul un homme comme Freddy peut s'y retrouver. Pour lui, chaque trait, chaque point représente quelque chose. Un rocher, une crevasse, un arbre malingre, une source, une petite cuvette éolienne.

— Ça, faut s'en méfier. Avec les vents qu'il fait là-bas, d'une année sur l'autre, ça peut se déplacer de facilement deux ou trois cents mètres.

Avec des mots qui les étonnent, cet après-midi encore, il a fait surgir pour eux un continent. Tout un pays s'est dressé, envahissant l'étroite salle enfumée.

Comme le marchand de bâches parlait du matériel qu'il leur faudrait, Freddy s'est mis à rire.

— Tu vois pas que je t'ai fait marcher? Le matériel, mon pauvre vieux, c'est du spécial qu'il faut. Ultra-léger. T'es bien gentil, mais tes bâches à camions, faudrait des mulets pour les traîner. Le matériel, je l'ai déjà. Tout est à Nantes chez un copain qui travaille pour la marine de commerce. C'est lui qui va nous trouver un cargo pour s'embarquer à l'œil.

Il s'est arrêté, son regard a semblé se perdre un instant dans des lointains où lui seul a accès, puis il a dit :

— Chez lui, j'ai toutes mes affaires. Une bonne partie des photos qu'on a prises pendant le premier voyage. Dommage que j'en aie pas apporté, vous auriez vu la gueule que ça peut avoir... Tiens, en partant, je regarderai si j'en ai pas en double. Je dois en avoir. Je vous les enverrai. Comme ça, vous pourrez nous imaginer... Tu m'y feras penser, Nelly !

La rouquine a fait oui de la tête. Elle semble déjà loin et certains l'observent avec envie.

L'après-midi a passé ainsi. Des curieux sont restés plus de deux heures à écouter. D'autres sont partis pour reparaître presque aussitôt. La femme du bourrelier est venue à trois reprises chercher son homme. Chaque fois, on l'entend crier dans la rue lorsqu'elle le reconduit à sa besogne comme on mène à l'école un élève dissipé.

A présent, il est l'heure de fermer boutique. Le patron qui est arrivé plus tôt que de coutume demande :

— En revenant de chez Nelly, vous allez repasser ici ?

— Certainement, dit Freddy. On aura pas mal de détails à mettre au point. Si vous voulez, pendant que j'arrangerai tout ça, Nelly pourra vous donner la main.

— C'est pas de refus. La mère Raynard est

bien brave, mais elle commence à prendre de l'âge. Ses varices s'arrangent pas.

Lorsqu'ils sortent, il fait très froid. Le vent qui prend l'étroite ruelle en enfilade pétrit et pousse vers le Palais de Justice le fleuve lourd de la brume où se noie la lueur des fenêtres et des lampadaires.

— Ça pince, dit le patron.

— C'est rien, fait l'homme du Labrador, un bon coup de moins trente-cinq, ça vous requinque un bonhomme.

14.

Les rares piétons se hâtent, emmitouflés et engoncés, quelques voitures passent rue Saint-Jean. Sur le point de traverser, Freddy qui s'est retourné empoigne le bras de Nelly. Il paraît soudain effrayé.

— Qu'est-ce que t'as? demande la rouquine.

L'homme du Labrador grogne;

— ... Sûr que c'est lui!

— Qui ça, lui?

La tirant par le bras, il se lance entre deux voitures et fonce vers le haut.

— Magne-toi, je t'expliquerai.

Il rase les murs, cherche les pans d'ombre et les recoins où il se colle aux façades le temps de lancer un regard derrière eux.

— Si ça tire, tu te couches!

Nelly court le plus vite qu'elle peut. Elle se tord un pied, perd sa chaussure droite qu'elle ramasse dans le caniveau puis enlève l'autre.

— Merde pour mes bas!

Ils s'engouffrent dans l'allée obscure et s'avancent pour s'arrêter au pied de l'escalier où Freddy se ravise soudain. Avec un sang-froid étonnant, il explique :

— Faut pas t'affoler. Tu vas monter toute seule. Moi, j' vais me planquer un moment dans la traboule d'en face. J' veux être certain qu'on l'a semé. Toi, tu crains rien. C'est après moi qu'ils en ont.

— Mais enfin...

Il l'interrompt, très ferme, en vrai chef. En homme habitué à tout résoudre sans hésiter.

— Obéis, Nelly. C'est pas le moment de discuter. Ça peut être dangereux, mon petit. Faut pas traîner. Si je dois me tirer, je fonce par la montée Saint-Barthélemy. Je connais le coin. J'ai repéré. Toi, tu t'enfermes et tu attends.

Il s'éloigne sans bruit, de son pas souple. Nelly regarde un instant sa silhouette se découper sur la clarté cotonneuse de la rue. Avant d'atteindre le seuil, il se retourne et souffle :

— Allez, traînasse pas !

Nelly monte dans l'obscurité cet escalier usé dont ses pieds déchaussés semblent découvrir chaque marche. Il fait pratiquement aussi froid ici que dans les rues, mais la jeune femme transpire à grosses gouttes. Son cœur bat. Sa main tremble lorsque la clef cherche l'entrée de la serrure. Elle n'ose pas faire de la lumière et se cogne partout dans cette pièce qu'elle connaît pourtant par cœur. Elle referme la porte, puis elle va la rouvrir en murmurant :

— S'il est poursuivi, faut qu'il puisse entrer.

Elle demeure à côté de la porte, prête à refermer rapidement s'il le faut.

La nuit est terriblement bruyante. Non, c'est dans sa tête, dans sa poitrine que se fait le bruit. Elle écoute, retenant son souffle, les deux mains écrasant son sein gauche sous son manteau qu'elle n'ose pas quitter.

Elle va pourtant jusqu'à la fenêtre qu'elle ouvre toute grande pour entendre les bruits de la rue. Des voitures au loin. Quelques pas isolés en bas. Rien d'autre.

Elle écoute tantôt vers la rue, tantôt vers le couloir.

Enfin, le plancher grince. Doucement, elle entre-bâille la porte que Freddy pousse en soufflant :

— C'est moi.

Il entre, va droit vers la fenêtre qu'il ferme. Tirant les rideaux, il dit :

— Tu peux allumer.

La lumière les éblouit. Ils quittent leurs manteaux. Freddy s'assied au bord du lit pour expliquer :

— Je t'ai pas parlé de tout. D'un sens, j'aurais rien dû te cacher. Seulement, je voulais pas t'inquiéter. J' croyais vraiment que ces fumiers-là avaient perdu ma trace... Quand je pense que je suis passé par l'Amérique du Sud pour les semer, merde alors, y sont vachement organisés, les British !

Il se tait. Il a l'air vraiment accablé. Nelly

s'approche doucement et s'assied à côté de lui. Timidement, elle demande :

— Qu'est-ce que c'est donc, ces gens-là ?

Il a un sourire qui semble vouloir dire que lui seul peut saisir certaines choses. Il se résigne pourtant à expliquer :

— Mon pauvre petit, des affaires comme ça, c'est jamais du tout cuit. On est rarement seul dans le coup... Ceux-là, c'est trois Anglais qui ont déjà fait le voyage. Seulement eux, y se sont trompés de route. Au lieu de remonter la Naskapis, ils se sont embarqués sur Susan River. Paraît qu'ils avaient aussi acheté leur plan au vieil Indien de New York, mais ils avaient voulu le truander, alors c'est lui qui les a possédés. Les Indiens, si tu les roules, y te retrouvent toujours.

Freddy a un ricanement pour conclure :

— Il a vendu deux fois son plan, mais y en a un qui était bidon. C'est les British qui en ont hérité.

Nelly se met à rire.

— Ça te fait marrer, dit Freddy, y a de quoi. Seulement eux, ça leur fait pas du tout le même effet. Je crois...

Il s'interrompt pour tendre l'oreille, se lève sans bruit et va éteindre. Immobiles, ils écoutent. Freddy va jusqu'à la fenêtre. Il se déplace vraiment sans faire plus de bruit qu'une ombre. Il écarte à peine le rideau, puis le laisse retomber et retourne allumer.

Avec un tremblement dans la voix, Nelly demande :

— T'es certain que c'est eux ?

— Tu parles. C'est le plus jeune... Je l'ai bien reconnu. Dès qu'il m'a vu me retourner, y s'est planqué dans un renfoncement. Si j'avais été sûr qu'il soit seul, j'y serais allé. Je me le payais facile, ce petit con.

Le poing droit de Freddy frappe l'intérieur de sa main mutilée. Ses lèvres se pincent. On sent qu'il s'en veut.

— J'ai mal réagi. Pour se tailler comme ça, c'est sûrement qu'il était tout seul. A présent, y va prévenir les autres. Y rappliqueront et y me chercheront.

— Tu crois qu'y sont à Lyon ?

— J' pense pas. Ils ont dû se répartir la besogne.

Freddy soupire en ajoutant :

— Enfin, à présent, t'en sais autant que moi.

Il semble heureux de ne plus être seul à porter son fardeau. Il parle encore, donnant force détails sur ces Anglais incapables de s'y retrouver seuls et prêts à tout pour se procurer le précieux document.

— Dans le passé de Wallace, je te l'ai dit, c'est plein d'ombre. Je suppose que c'est des gars avec qui il avait déjà eu d'autres histoires. Mais moi, je veux pas entendre parler d'eux. J' leur dois rien.

— Et tu crains pas qu'une fois là-bas, y viennent nous emmerder !

L'homme retrouve soudain son air royal et un sourire qui signifie que, là-bas, il ne redoute plus rien.

— Justement. Ce que je veux, c'est que ça se

261

règle sur place. La justice, c'est moi qui la ferai. T'inquiète pas, même tout seul contre eux trois, je cours aucun risque... Ici, j' suis sans arme. Et côté police, j'ai peur qu'ils aient des relations bien placées.

Avant de se dévêtir, Freddy éteint la lumière un moment, écarte légèrement les rideaux et observe les toitures d'en face comme s'il redoutait d'y voir surgir ses Anglais.

Assise au bord du lit, la rouquine qui n'a pas encore quitté sa robe demande :

— Tu crois qu'ils nous tireraient dessus en pleine ville ?

— Je pense pas, mais avec ces mecs-là, moi, je me méfie toujours.

Il referme soigneusement les rideaux et allume la lampe. Il semble hésiter à dire quelque chose qui le tracasse. Il va deux fois de la table à la tête du lit, puis, regardant la jeune femme bien en face, à voix basse mais très dure, il confie :

— Je voulais pas te le dire, mais Wallace, je crois bien qu'ils l'ont descendu.

— Wallace ?

Elle reste bouche bée.

— Oui. La mère Jos m'a pas parlé de maladie. Elle m'a dit : un mystérieux accident de chasse. Tu parles, un mec comme lui !

Il évoque longuement son ami. Il revoit leurs chasses, l'adresse de cet homme. Sa prudence de fauve. Non, vraiment, il ne peut pas croire chose pareille.

Un long moment, il reste sans parler, la tête dans ses mains, comme accablé par le chagrin. Nelly ne souffle mot. Elle n'ose pas un geste, respectant ce silence dédié au souvenir d'un homme avec lequel il a tant partagé d'espoir et de souffrances.

Les minutes s'écoulent, puis, se levant lentement, Freddy regarde autour de lui, l'air égaré, comme s'il venait de s'éveiller dans un lieu inconnu. Nelly ne bronche toujours pas. Il va à la table et commence à se dévêtir lentement. Nelly se déshabille aussi.

— Tu sais, dit Freddy, faut pas avoir peur. Je les aurai, tu peux me faire confiance. Wallace, il était pas assez méfiant. Je lui avais dit cent fois : fais gaffe, y te buteront. Mais lui qui était si prudent sur le terrain, dans ce putain de monde civilisé, y croyait pas au danger.

Nelly achève de se déshabiller puis, entrant dans le lit, avec un peu d'inquiétude elle dit :

— Mon frère, c'est sûrement pas cette affaire des Anglais qui risque de l'arrêter ; au contraire, comme je le connais, un peu bagarreur, ça serait plutôt fait pour l'exciter. Mais mes vieux, faut pas leur en parler. Je les vois d'ici. Y seraient fous.

Ils se sont couchés. Ils se sont aimés, puis, la tête enfoncée au creux de l'épaule de Freddy, Nelly l'a écouté longtemps lui raconter la véritable guerre qu'ils ont déjà menée contre cette bande rivale. Un roman d'aventures avec tellement de rebondissements que la jeune femme s'est endormie avant la fin.

15.

CE matin, au saut du lit, Freddy résume la situation :

— Mis à part ces salauds de British dont je fais mon affaire, ça se présente pas mal.

— Faut tout de même te méfier.

— Sûr, que je me garderai. T'inquiète pas. Mais j'ai réfléchi. Avant qu'on se rende chez toi pour voir ton frère, faut que je fasse un saut à Nantes. J' veux être certain que ces pourris-là sont pas allés foutre le bordel dans mon matériel.

— Y savent où tu l'as mis ?

— Ma pauvre Nelly, t'es naïve. On peut toujours tout savoir. Suffit de chercher.

Nelly se colle contre lui et le serre fort :

— Je veux aller avec toi. J' serai pas tranquille. Je vais trembler tout le temps.

Il l'embrasse puis l'éloigne de lui.

— Non. Tu restes là. Ce serait foutre du fric en l'air pour rien. Je prends le train de nuit ce soir, j'ai assez de ma journée là-bas, et je reviens la nuit

264

suivante... T'inquiète pas, ma toute belle, on va partir. Je l' sais. Ce sera chouette, tu verras.

Comme elle hésite entre le sourire et les larmes, il la secoue gentiment et demande :

— Franchement, t'avais imaginé qu'il t'arrive-rait un truc pareil ?

Elle fait non de la tête et avoue :

— Même à présent, y a des moments où je me demande si je rêve pas.

Il rit.

— Tu veux que je te pince ?

— Non, dit-elle gravement, mais je vais avoir peur tout le temps, quand tu seras à Nantes.

— J' t'assure qu'y peuvent rien...

— Peur que tu reviennes pas.

Il la secoue de nouveau. Bougon, il dit :

— Mais voyons, tu me prends pour un salaud ? Tu imagines que je pourrais partir sans toi ? Et ton frère, alors ?

Elle soupire profondément.

— Ça s'est fait si vite, nous deux ! Des fois, je me dis que tu pourrais en rencontrer une autre... Retrouver des copains. Un gars plus au courant que mon frère...

— Nelly ! Tu es folle ?

— Non... Un pressentiment. Quand je pense au Labrador, je me dis : c'est pas possible, tu peux pas connaître ça. Y va pas t'emmener si loin. T'as vingt-deux ans, t'es une petite bouseuse pas faite pour ça.

Ses yeux se sont emplis de larmes. L'homme du

Grand Nord est tout emprunté. Ce doit être un passage plus difficile que les rapides et les portages. Il l'embrasse encore. Il est d'une extrême maladresse. Les larmes coulent sur les joues de la rouquine qui sourit et murmure :

— ... Faut pas m'en vouloir. Tu comprends, pour toi, c'est de la routine, tout ça. Pour moi, c'est comme ce qu'on peut voir au cinéma. On en rêve, mais on sait bien qu'on l'aura jamais en vrai.

— Écoute, si tu veux vraiment, je t'emmène à Nantes avec moi, mais c'est une folie, ça double les frais... Et ça me décevrait que tu l'exiges.

Elle l'interrompt :

— Non... Surtout pas. Je suis pas un bébé gâté. Quand on veut partir pour une expédition pareille, faut avoir plus de courage. Si j' faisais ça, t'aurais le droit d'en chercher une autre.

Ils rient tous les deux. Elle répète :

— Faut pas m'en vouloir. J'ai eu un moment de trouille... Comme ça... Tu comprends. Si tu me laissais... Avec tous ces gens qui savent. Et puis, pour moi, c'est un sacré rêve... Si ça s'écroulait !

Il l'oblige à s'asseoir à côté de lui sur le bord du lit. Il la prend par l'épaule pour expliquer d'une belle voix de velours :

— Je te comprends d'autant mieux que c'est la même chose pour moi. Seulement moi, c'est toute mon enfance que j'ai passée à rêver du Grand Nord. Chez moi, quand j'en parlais, tout le monde se moquait. Quand j' suis parti, personne voulait croire que j'irais au bout. Quand j' suis revenu, y en a qui montraient ma main et qui disaient : « C'est tout ce que t'as récolté, c'était pas la peine d'aller si loin. Avec une bonne hache, t'en aurais fait autant. » Il y en a un à qui j'ai cassé la gueule, tellement il en rajoutait.

Il se tait un moment, le poing serré, avant d'ajouter :

— Te fais pas de mouron, mon petit, quand on aura de l'or plein les poches, quand tu seras fringuée comme une actrice avec des bijoux à pas savoir qu'en foutre, tous ceux qui rigolent, y feront une drôle de gueule. Tous les marioles, tu les verras venir nous lécher les bottes.

Il caresse un moment les cheveux de la jeune femme, puis il se lève et se redresse de toute sa taille, les épaules en arrière, la poitrine bombée. Elle l'observe. Elle se sent petite et frêle à côté d'un tel être. Elle a dans les yeux toute l'admiration du monde. Comme il s'approche de la porte, elle dit timidement :

— Tu devrais rester planqué ici jusqu'à l'heure de ton train.

Il se met à rire. D'un geste décidé où se devine une force irrésistible, il décroche son cuir et l'enfile en disant :

— Allez, amène-toi. J'ai besoin de remuer, moi. C'est pas en plein jour que ces mecs-là vont s'en prendre à moi.

Il ouvre la porte et fait un pas dans le couloir

tandis que Nelly passe son manteau vert. Se retournant vers elle au moment où elle met la clef dans la serrure, à mi-voix, il ordonne :

— Le coup des British, c'est pas la peine d'en parler à personne. Les gens sont trop cons.

16.

En gagnant les Trois Maries, ils se sont arrêtés chez le boulanger de la place du Change qui leur a dit :

— Que ça soit ton frère ou mon gars qui s'embarque avec vous, j'ai décidé de mettre un peu de pognon dans l'affaire.

Le marchand de bâches n'était pas à son local, mais le commis a promis qu'il l'enverrait au café dès qu'il rentrerait. Il a dit en riant :

— Pour aller là, y se fait jamais prier.

Il est à peine dix heures lorsqu'ils arrivent aux Trois Maries. Tandis qu'ils marchaient, à maintes reprises, Freddy s'est retourné pour voir s'ils n'étaient pas suivis. En entrant dans le café, il demande au patron si personne n'est venu pour le voir.

— Non, t'attendais quelqu'un ?

— C'est pas impossible. Si on me demandait du temps que je suis absent, vous répondez que j' suis parti pour Paris. C'est tout.

Comme il n'y a aucun client, ils s'assoient et tout de suite, le patron déclare :

— J'ai réfléchi, si on fait ça sous forme d'actions pour la mine, je suis décidé à mettre quelque chose. Qui ne risque rien n'a rien.

— Bravo ! crie Nelly, j'en étais sûre.

Comme le vieil homme se lève, elle se précipite pour l'embrasser. Ému, il bredouille :

— Tu sais, c'est pas pour vous. C'est pour moi. Si d'ici trois ou quatre ans je venais à vendre, ça ajouterait à mes rentes.

La rouquine se met à rire.

— Je pense que vous devez avoir un foutu paquet de pognon à gauche !

Bien que le temps soit très bas avec des nuées grises au ras des toitures, il y a du soleil dans le vieux café. Ils sont comme des gens assis autour d'un bon feu d'espérance qu'ils font pétiller à coups de rire.

La porte vibre, poussée par une main qui ne la connaît pas. Ils se retournent. Un petit homme carré au visage osseux entre. Il porte une canadienne et une casquette de cuir. Il dit à Freddy :

— J' passais. J'ai cru te reconnaître.

L'homme du Labrador fronce les sourcils. Il grogne :

— Vous vous trompez, je ne vous...

Le rire de l'autre l'interrompt.

— Allons, Alfred, joue pas au con. T'es encore parti dans ton Labrador ! Y a ta Mado qui te cherche.

Il lance un regard rapide à Nelly et au patron, puis il dit :

— L'écoutez pas. Il a des moments où...

— Tais-toi !

Freddy n'a pas crié. Il a hurlé. Hurlé à se rompre la voix, à faire trembler les vitres. Un hurlement déchirant venu du fond d'une douleur qui doit lui brûler les entrailles. Comme le nouveau venu éclate de rire, l'homme du Labrador se précipite pour le frapper. Mais l'autre esquive et cogne. Un coup. Un seul, même pas impressionnant, au moment où Freddy emporté par son élan passe devant lui. Les bras battent le vide. Le corps se casse et la tête s'en va heurter la marche de granit où frotte le revers d'eau de la porte. Un choc sourd, puis le silence.

Tout s'est passé si vite qu'ils n'ont rien eu le temps de dire.

Un autre cri déchirant :

— Freddy !

Nelly tombe à genoux à côté de l'homme et prend à deux mains cette tête qu'elle soulève. Les yeux sont grands ouverts, un filet de sang coule de la narine gauche et s'en va vers la joue.

L'homme à la canadienne s'agenouille. Il ne peut que murmurer :

— Bon Dieu !... Bon Dieu !

Le patron qui a pris le poignet de Freddy souffle :

— C'est fini...

Et la jeune fille, à demi couchée, les bras autour de la poitrine du mort, se met à sangloter :

271

— Vous l'avez tué... Tué... Tué... Freddy...
Freddy... mon amour !

Un moment passe avec juste ces sanglots, puis le
patron oblige Nelly à se lever, l'autre homme tire le
corps pour que l'on puisse ouvrir la porte. Le petit
marchand de bâches entre avec le charbonnier.

— Faut appeler une ambulance, ordonne
l'homme à la canadienne.

— Et la police ! crie le patron. Et vous, restez
là !

L'homme se laisse tomber sur une chaise. Il est
livide. Il murmure :

— Ayez pas peur... Je bouge pas... Bon Dieu !
Qu'est-ce que j'ai fait ? Y voulait me frapper. J'ai
esquivé... J' l'ai à peine touché... Vous avez vu...
Vous avez vu.

Le patron oblige Nelly à boire un verre de marc.
Elle est assise à la table du fond. Elle tremble des
pieds à la tête. Sous l'effet de l'alcool, elle se
reprend un peu et dit d'une voix rauque :

— Mais qu'est-ce qu'il vous a fait ?

— Voulait me frapper, vous avez vu...

— Pas ça... Avant...

— Avant ? Rien. J' l'avais déjà aperçu dans la
rue hier au soir. S'est sauvé. Voulait pas que je dise
qui il est.

— Quoi donc ? fait le patron.

— L'est de Villefranche, comme moi. Sa femme
le cherche depuis dix jours. C'est pas la première
fois qu'y se tire. L' a dû vous parler du Labrador...
Pauvre Alfred... C'est sa folie. Son affaire de doigts

272

gelés et tout... Il est menuisier, comme moi... S'est fait moucher à la toupie.

Nelly crie :

— Taisez-vous !

La jeune femme s'affaisse lentement. Ses coudes se posent sur la table et sa tête tombe dans ses mains tandis qu'elle souffle :

— Freddy... J' te jure... On ira... On ira là-bas...

17.

LES pompiers sont arrivés en même temps que le fourgon de police. Ils ont mis le corps sur une civière pour l'emporter.

Nelly n'a pas eu à parler. Son patron s'est occupé de tout. Le petit homme à la canadienne a, de lui-même, dit aux agents :

— Il a voulu me cogner, j'ai esquivé. Je l'ai à peine touché. Il a perdu l'équilibre et sa tête a porté sur la marche.

Le patron a dit :

— C'est vrai. Je peux témoigner.

Le brigadier qui le connaît lui a demandé de se tenir à la disposition du commissaire.

— Ma serveuse témoignera aussi. Pour l'instant, elle est trop choquée. Faut la laisser se reprendre. Elle va pas s'envoler, va !

Les gens du quartier s'étaient assemblés dans la rue, autour du fourgon bleu où l'homme à la canadienne est monté sans qu'on ait à le pousser. Il semblait porter une masse énorme sur ses larges épaules où sa tête s'enfonçait.

Dès après le départ du fourgon, la salle s'est emplie de curieux qui voulaient tout savoir. Le patron a fait entrer Nelly dans la souillarde où il a apporté une chaise. Nelly s'est assise devant la tablette abattante, à l'endroit où l'homme du Labrador avait mangé ses œufs aux nouilles. Elle ne pleure plus. Elle fixe le réchaud à gaz d'un œil absolument vide. Figé, à peine parcouru çà et là de légers tressaillements, son visage est pareil à celui d'un mannequin.

Dans la salle trop exiguë, c'est la bousculade. La mère Raynard que la trompe des pompiers a tirée de sa loge de concierge est arrivée. Elle aide le patron à servir. Ce sera pour les Trois Maries une matinée exceptionnelle. Le petit marchand de bâches, le boulanger et le charbonnier sont très entourés. Ils parlent beaucoup :

— Moi, je m'en doutais. Je m'en suis toujours douté.

— C'est pour ça que tu voulais lui filer de l'oseille.

— Tu parles, il le tenait pas encore, mon pognon.

— Moi, je prétends pas que je l'ai pas cru, mais tout de même.

— En tout cas, le Labrador, je peux vous dire qu'il le connaissait, le gaillard !

— Sûr qu'il en parlait bien.

— Y disait pas de conneries. J'ai tout vérifié dans mon livre.

— C'est un timbré.

— Ça doit être un mec qui rêvait d'y aller.

— Sûr qu'il allait partir. Pauvre rouquine, elle l'a échappé belle.

— Il l'avait foutue dans sa poche. Pourvu qu'il lui ait pas fait un lardon !

— Taisez-vous, ordonne le patron. Elle est derrière. On la croirait absente, mais peut-être bien qu'elle entend tout de même.

— Du coup, dit un primeur, tu récupères ta serveuse.

— Pauvre gosse, elle va tomber de haut !

Quand le bistrot se vide, le patron ramollit un reste de purée en y mélangeant un œuf et du lait. Il verse le tout dans la poêle où il a fait fondre un gros morceau de beurre. Le grésillement et la fumée emplissent un moment la souillarde où Nelly demeure prostrée.

— Allons, mon petit, faut bouger... C'est un accident... Que veux-tu... C'est un accident.

Elle se lève et va mettre le couvert tandis que le patron ouvre une boîte de sardines.

— Viens, dit-il, on va manger ça pendant que la purée finit de chauffer.

Docilement, Nelly le suit. Comme lui, elle écrase ses sardines dans leur huile et arrose cette pâte d'un filet de vinaigre.

Pour s'excuser, elle dit :

— J'ai pas fait grand-chose, ce matin.

Il sourit.

— Tu fais toujours. Pour une fois, c'est moi, et c'est pas de la grande cuisine.

276

Nelly pose sa fourchette. Un énorme sanglot soulève sa poitrine et crève tandis qu'elle essaie de dire :

— La cuisine, y s'en foutait, lui...

Et de nouveau les larmes roulent sur ses joues rondes où le rimmel a dessiné des ruisseaux d'ombre.

18.

Dès le début de l'après-midi, les habitués sont arrivés, puis d'autres gens du quartier et des inconnus venus de plus loin.

Le regard toujours vide, Nelly s'est remise au travail.

Vers trois heures, un agent est venu chercher le patron qui est resté absent presque jusqu'à la tombée de la nuit. Lorsqu'il revient, un autre agent l'accompagne ainsi qu'une petite femme brune à la peau fanée et à l'œil dur. Le patron dit :

— C'est sa femme, elle voudrait sa valise.

Le visage de Nelly se contracte. Elle toise la moricaude maigrichonne et revêche qui semble avoir pas loin de quarante ans. Dans les yeux de la rouquine, passe une lueur d'effroi que l'autre doit percevoir car elle lance d'une voix aigre :

— Moi aussi, j'ai eu votre âge ! A ce moment-là, y vous aurait même pas remarquée.

Le patron intervient :

— Si tu veux me donner ta clef, je vais aller la chercher, moi, cette valise.

— Je vous suis, dit la femme qui a un fort accent marseillais.

— Non, fait Nelly, j'y vais.

— Alors, intervient la noiraude, je vais avec et je demande à l'agent de nous accompagner. Je tiens pas à ce qu'elle fouille dans les affaires de mon mari.

La rouquine a un haut-le-corps. Elle demeure un instant comme si elle allait se saisir d'une bouteille quelconque et cogner sur cette laideronne dont il ne viendrait à l'idée de personne qu'elle a pu partager le lit du beau Freddy. Le flic doit redouter le pire. Il fait un pas qui le porte entre les deux femmes et dit :

— Si le patron veut aller, c'est plus simple.

Il y a dans la salle trois inconnus et le bourrelier attablé en face du marchand de bâches. Tous sont tendus. Nelly s'est ressaisie. Elle se redresse et fait des yeux le tour de la salle. Il semble qu'elle les domine tous. Ils baissent les paupières et plongent le nez vers leur table à mesure qu'elle les fixe. Lentement, d'un mouvement presque théâtral qui n'est pas dans sa manière, comme si elle s'attachait à écraser le petit pruneau marseillais, elle fait trois pas vers la souillarde, tend le bras, cueille son sac à main qu'elle ouvre lentement. Elle en tire deux clefs tenues par un fort anneau brisé où pend une médaille. Elle tend le petit trousseau à son patron en disant :

— C'est la plus grosse... La valise est sous le lit, côté fenêtre. Vous trouverez bien.

279

Le patron prend les clefs. Il dit presque à mi-voix :

— Je fais vite... Sers à boire à ces messieurs-dames, Sophie.

Il a déjà cessé de l'appeler Nelly.

La jeune femme le suit des yeux tandis qu'il sort et s'éloigne, puis, ramenant posément son regard vers l'agent et la femme qui sont toujours plantés au beau milieu de la salle, d'un ton ferme, elle dit :

— Pouvez vous asseoir... Qu'est-ce que vous prendrez ?

— Merci bien, grince la veuve.

— Ma foi, dit le flic embarrassé, ça ira comme ça.

La rouquine croise les bras, les reins calés contre le rebord du rayon où est dressé le percolateur. Elle fixe la veuve d'un regard tout chargé de mépris. Son visage s'éclaire peu à peu, presque jusqu'au sourire.

L'autre essaie un moment de lutter, mais après une ou deux minutes, avec un haussement d'épaules, elle se tourne vers la rue. Là, elle continue de voir la serveuse, mais seulement dans la vitre, mauvais miroir. Chaque passant brouille cette image et la déforme.

Les consommateurs se sont remis à parler, mais à mi-voix et pour ne dire que des banalités. Ils meublent ainsi l'épais silence prisonnier de ces murs tristes.

Comme l'agent se déplace pour se rendre à côté

de la veuve, celle-ci s'adresse à lui, assez haut pour être entendue de tous :

— Il avait déjà été interné trois fois... Y racontait son Labrador à tout le monde. Ça faisait de mal à personne. Ceux qui le connaissent savaient bien qu'il risquait pas de partir... Bien trop trouillard... Depuis quelques années, y faisait plus ses coups à Villefranche. Une fois, il est allé à Mâcon, déjà deux fois à Lyon, dans d'autres quartiers. Y trouvait toujours des imbéciles pour lui prêter du fric... Pendant ce temps, moi, je trime pour élever ses gosses... Misère ! Le jour où je l'ai rencontré, j'aurais mieux fait de me casser les deux jambes, y a belle lurette que je serais guérie... Bonne mère ! Les fadas qui l'ont envoyé faire son service à Marseille, si je les tenais...

Elle se tait. Tout le monde a cessé de parler pour l'écouter et, à présent, le silence demeure. Il se fige. Il est comme une eau glaciale entre les êtres.

A chaque talon qui sonne, tous regardent vers la rue, mais Nelly connaît le pas du patron. Bien avant qu'il n'apparaisse, sans le vouloir vraiment, elle annonce :

— Le voilà !

Les chaises remuent. On se racle la gorge. Le marchand de bâches rallume son mégot imprégné de salive et qu'il mâchouillait depuis dix minutes.

Le patron entre et tend la valise à la femme qui la pose sur la table la plus proche de la rue. Elle l'ouvre. Ses doigts tremblent. A gestes fébriles, elle extrait le linge. Soulevant une feuille de carton de la taille du fond, elle tire une épaisse brochure dont la couverture en couleurs représente une côte rocheuse et découpée recouverte de neige. Elle sort encore une enveloppe brune. Avec un mauvais rire, elle s'approche du comptoir et lance le tout au visage de Nelly qui sursaute et réussit à attraper la revue alors que l'enveloppe tombe sur l'égouttoir, bousculant les verres.

— Tiens ! Labrador ! C'est tout là-dedans. Tout ce qu'il a pu te raconter. Si t'as envie d'y aller, tu feras comme lui...

Son rire est une crécelle annonçant le malheur ; la peste ou quelque chose de cet acabit.

Se retournant, elle va fourrer d'un geste rageur les vêtements de son homme et sa trousse de toilette dans la valise qu'elle referme et tend à l'agent d'un geste de princesse.

— Allons, grogne-t-elle.

Ils sortent.

La porte vibre. L'agent qui la tire n'est pas un habitué. Il ne sait pas qu'il faut la soulever un peu.

Les pas s'éloignent. Les remous que l'air froid a creusés dans la fumée ont le temps de s'apaiser avant que, le premier, le bourrelier ne rompe le silence pour observer :

— Dis donc, celle-là ! Pas surprenant qu'il en soit venu à rêver de foutre le camp, le pauvre gars ! On tournerait fou pour moins que ça !

Ils se mettent à parler de cette harpie, mais Nelly ne semble pas les écouter. Elle vient de ramasser la grosse enveloppe qu'elle serre contre sa poitrine avec la revue en couleurs. Un long moment, elle demeure paralysée, le regard perdu, puis, avec une infinie lenteur, comme si elle se mouvait dans un brouillard pareil à du mortier, elle gagne la souillarde. La chaise est encore devant la tablette relevée. La jeune femme s'assied, pose la revue devant elle et retire ses mains comme si elle n'osait pas y toucher. Elle contemple cette côte dentelée, blanche et grise sur la mer d'un beau bleu à reflets de plomb. Son œil cherche, s'arrête, repart, revient sur certaines crevasses comme si elle espérait découvrir un sentier, une trace, des pas sur la neige ou peut-être un petit tas de pierres surmonté d'une croix faite de deux branches mortes.

Non, il n'y a rien. Les crevasses sont vides. Roches et glaces sont nues. Désertes.

Soudain, la côte se met à onduler comme si elle épousait pour les prolonger les mouvements de la houle. Un brouillard doré envahit le pays.

Les coudes de la jeune fille se posent de chaque côté de la photographie, sa tête tombe dans ses mains. Sans bruit, sans le moindre sanglot, elle se met à pleurer.

Des larmes suivent un sentier rapide entre ses pommettes et son nez, la première s'écrase en pleine mer, à mi-distance entre l'estuaire de Lewis River et le O de Labrador.

Montréal, décembre 1981
Morges, mars 1982

DU MÊME AUTEUR

LES COLONNES DU CIEL :
1. La Saison des loups ;
2. La Lumière du lac ;
3. La Femme de guerre ;
4. Marie Bon Pain ;
5. Compagnons du Nouveau-Monde.
L'Espion aux yeux verts (nouvelles)

Édit. J'ai Lu :

Tiennot.

DIVERS

Édit. du Sud-Est : Paul Gauguin.
Édit. Norman C.L.D. : Célébration du bois.
Édit. Bordas : Léonard de Vinci.
Édit. Robert Laffont : Le Massacre des innocents.
Lettre à un képi blanc.
Édit. Stock : Écrit sur la neige.
Édit. du Chêne : Fleur de sel (photos Paul Morin).
Édit. universitaires Delarge : Terres de mémoire
(avec un portrait par G. Renoy, photos J.-M. Curien).
Édit. Berger-Levrault : Arbres
(photos J.-M. Curien).
Édit. J'ai Lu : Bernard Clavel, qui êtes-vous ?
(en coll. avec Adeline Rivard).
Édit. Robert Laffont : Victoire au Mans.
Édit. H.-R. Dufour : Bonlieu
(dessins J.-F. Reymond).
Édit. Duculot : L'Ami Pierre
(photos J.-Ph. Jourdin).
Édit. Actes Sud : Je te cherche, vieux Rhône.
Édit. Albin Michel : Le Royaume du Nord
(photos J.-M. Chourgnoz).
Édit. Hifach : Contes du Léman
(illustrations J.-P. Rémon).
Édit. du Choucas : Contes Espagnols
(illustrations August Puig).

Édit. La Farandole : L'Arbre qui chante.
A. Kénogami.
L'Autobus des écoliers.
Le Rallye du Désert.
Édit. Casterman : La Maison du canard bleu.
Le Chien des Laurentides.
Édit. Hachette : Légendes des lacs et rivières.
Légendes de la mer.
Légendes des montagnes et des forêts.
Édit. Robert Laffont : Le Voyage de la boule de neige.
Édit. Delarge : Félicien le fantôme
(en coll. avec Josette Pratte).
Édit. École des Loisirs : Poèmes et comptines.
Édit. de l'École : Rouge Pomme.
Édit. Clancier-Guénaud : Le Hibou qui avait avalé la lune.
Édit. Rouge et Or : Odile et le vent du large.
Édit. Flammarion : Le Mouton noir et le loup blanc.
L'Oie qui avait perdu le Nord.
Au cochon qui danse.
Édit. Albin Michel : Le Roi des poissons.
Édit. Nathan : Le Grand Voyage de Quick Beaver.
Les Portraits de Guillaume.
Édit. Claude Lefranc : La Saison des loups
(bande dessinée par Malik).
Édit. du Seuil : La Cane de Barbarie.

La plupart des ouvrages de Bernard Clavel ont été repris par des clubs et en format de poche.

La composition de cet ouvrage
a été réalisée par l'Imprimerie BUSSIÈRE,
l'impression et le brochage ont été effectués
sur presse CAMERON dans les ateliers de B.C.A.
à Saint-Amand-Montrond (Cher),
pour le compte des Éditions Albin Michel.

Achevé d'imprimer en octobre 1993
N° d'édition : 13250. N° d'impression : 1847-93/466.
Dépôt légal : novembre 1993